生活志文丛
第二辑

不语似无愁

◎王晓莉

天津出版传媒集团
百花文艺出版社

图书在版编目（CIP）数据

不语似无愁 / 王晓莉著. -- 天津 : 百花文艺出版社, 2022.6
ISBN 978-7-5306-8197-8

Ⅰ. ①不… Ⅱ. ①王… Ⅲ. ①散文集-中国-当代 Ⅳ. ①I267

中国版本图书馆 CIP 数据核字(2022)第 039966 号

不语似无愁
BU YU SI WU CHOU
王晓莉 著

出 版 人：薛印胜
策划统筹：汪惠仁 张 森 封面设计：蔡露滋
责任编辑：沙 爽 田 静
出版发行：百花文艺出版社
地址：天津市和平区西康路 35 号 邮编：300051
电话传真：+86-22-23332651（发行部）
+86-22-23332656（总编室）
+86-22-23332478（邮购部）
网页：http://www.baihuawenyi.com
印刷：天津新华印务有限公司
开本：787×1092 毫米 1/32
字数：152 千字
印张：7.75
版次：2022 年 6 月第 1 版
印次：2022 年 6 月第 1 次印刷
定价：36.00 元

如有印装质量问题，请与天津新华印务有限公司联系调换
地址：天津东丽开发区五经路 23 号
电话：(022)58160306 邮编：300300

我们需要什么样的身体
——序"生活志"文丛

从出发点到归宿,陪伴我们一路的,是我们自己的身体。

生活记录在我们的身体里。

世界记录在我们的身体里。

生活与世界被我们怎样记录,我们就怎样被生活与世界记录。

我们要记录的也许太多,我们也许会抱怨笔墨不够;我们也许会担心,世界只记录了我们卑微的一面。

但始终只有一种身体是没有抱怨没有担心的:它看见了繁华,也目睹了凋零;它看见了洪流,也采撷了浪花;它无视成见,勇敢地踏入观念的"野外"……

——这样的身体,它无须抱怨,无须担心;笔墨也许会遗漏,世界也许首先记录的是你卑微的一面;但这样的身体,是敞开的身体,是生长的身体,是可以反观的身体,是可以由是反观"身体"的身体,是值得信赖的可以作为“生活志”的身体。

文字的身体固然不能全然跳出权力的叙述，但它可以努力展示自己与生活是怎样被权力叙述的。

汪惠仁

目录

卷上

地上的盐

人间间谍

以持续一生的冥寂无声，薇薇安·迈尔在身后获得了人们由衷的加冕和恒久的忆念。这冥寂无声，并非是她生理性的喑哑或日常语言的强行关闭。在日常中，她仍然是发声的，以一个持续四十年的保姆、管家的身份，她和男女主人进行简洁有效的交流；她和孩子，当然说得更多些，为了行使照管和教育他们的职责。她的冥寂无声，主要是指她对自己终生从事的另一行当——摄影——的彻底缄默。她近乎疯狂却又无比隐秘地拍摄，收好所有底片，秘不示人——起先她随身携带这些底片，并以报纸以锁匙来遮掩它们；后来住所再也放不下了，她便将底片寄存于当地的储物柜，哪怕每月要为此支付与她的收入相比而言十分昂贵的费用也在所不惜。当她于 2009 年去世，人们从拍卖会上以极微薄的价格拍得她的遗产，也就是那几十只储物柜时，人们惊呆了：她留下了十五万张底片。其中绝大多数是未曾冲洗的，也就是说，因为无力冲印，她自己亦未曾得见自己的艺术成品。而这些照片一经面世,不仅在网络上引起了轰动,即便是纽约最好的摄影大师都承认,薇薇安·迈尔已步入二十世纪最伟大的摄影师行列。这样的命运真是意味深长。因为在她生前,漫长的八十三年里,未曾对任何人透露过这个秘密。虽然她某一时期的女雇主中,有一个恰巧是当地报纸的图片编辑,她也从来没有与女编辑探讨过摄影艺术,或是求得图片发表的意图。是的,连意图都没有,更别说会付诸言行。所以当后来得知薇薇安·迈尔惊人的成就,这位图片编辑就只能陷入诧异和沉默。人在两种时刻言说的欲望与热情最高:求爱,或谈论艺术。前者是众生皆会经历的阶段,后者则出现在醉心艺术者之中。《谈艺录》《歌德谈话录》,以及诸多艺术气息浓郁的自传与日记……都是从艺者"谈论"之下的产品。做出艺术品还不够,还要喋喋不休地谈论与之相关的一切——这是艺术家某种未被认证却广泛存在的天性,是类似人分泌物一样的东西。而薇薇安·迈尔,对此只字不提。在某时、某地,只字不提是可能的,甚至是从事艺术者所必要的。而整整一生都像蝉隐于黑暗的地下,这只有包括薇薇安·迈尔在内的极少数人做到了。仿佛不是她带着一个秘密生活,而是一个秘密裹挟着她,把她当一个人质,从这世上行过。她坐在一辆叫"秘密"的大卡车上,篷布拉得紧紧的。她用摄影机牢牢地、死死地记录着外部。而外面,却只有极少几个人望见她——而且,即使望见了,也并不以她为意。

她生于1926年。那是个有些兵荒马乱的年代。她一生的职业都是保姆、管家，一生都为“谋生”付出最多的时间。在芝加哥，在纽约，她辗转于一个又一个中产之家。微薄的收入，然而有一处稳定的居所，后者正是她想要的。因为这样她可以放置她越来越多的底片，而不被人发现。但是，这个职业也是遗传。她的外祖母、她的母亲，都是保姆。她这个家族还遗传另一样东西：未婚。她的外祖母未婚生下她母亲。她母亲生下她就和男人分了手。而薇薇安·迈尔自己，也是一生未婚。男性一直阙如，透露出的自然是这个女性家族对男性世界的失望与恨意。对于薇薇安·迈尔，则部分地解释了她一生如此幽闭内心、如此自成一个动人世界的原因。

她本是法国人。这使她一生的口音都带着法国味。她一开口，漂泊而来的天性便暴露了。而她对这一切讳莫如深。从二十世纪五十年代起，她为芝加哥的富人家帮佣。她每到一家，提出的唯一且固执的要求，即“给我的住所装一把锁”。闲人莫入，她固守自己的领地。也正是这个阶段，她开始醉心于摄影。这两件事情并行不悖。没有一家雇主发现她的秘密——说真的，这个世界早就如此：除了无聊时张望一眼，除了必要时对他人生活加以自己的想象去演绎一番，甚至去打击一番，谁还会真正去关注谁呢？只有身边的孩子们发现了，因为孩子们看见她拍摄任何见到的事物，果断、专注，像天空的老鹰俯视下界的食物一般。当孩子跌倒的时候，她并不急于扶起他们，而是一个劲儿地猛拍他们的窘状、哭泣样与伤处。

她脖子上永远挂着那个年代最好的禄莱相机，这种相机需置于人的肚脐眼的位置，摄影者需要低头取景。这样，她的被拍摄者很少被惊扰到，因而他们总是留下很自然的样子。她多半是拍街头，因为这是她的活动范围与半径。她因此被后来的人们称为“二十世纪最伟大的街拍摄影师”。然而她的街拍对象并非红男绿女，并非时尚一波波的涌动，这些不在她的视野之内，或者说，她的灵魂会自动摈弃这些。她拍得最多的是街头的人，那些潦倒者：醉趴于地的酒鬼、乞讨的流浪汉、衣着寒酸的有色人种……还有狗，翻找垃圾的狗，有着外伤或内伤的狗：断了腿、打上白色绷带的狗……她也拍静物，比如报纸：街角报亭里粘贴的一张，地上被风卷刮起一角的一张，一大捆报纸最上面那一张。这些报纸都有共同的特征，便是上面醒目登着诸如“被虐待”“强奸”或是“弃儿”的内容。这透露了她所关注的、与她灵魂契合的东西——被弃者的命运、落魄者的丧失，以及突如其来以至人根本不及躲避的祸患。这是边缘之所在，是人之黑暗、世界之沦丧的那一部分，她把这些抓得死死的。在快门按下的瞬间，她像一枚钉子，钉入对面的事物，钉入这个世界。她紧闭的灵魂只为它们一次次打开。

她的确是灵魂紧闭——她的外貌出卖了这一点。就像凡高以己身为模特不断自画一样，她不断地自拍，从镜子与玻璃，从一切反光物体上。她与其中的自己有种显明的距离或者说隔离，仿佛一个人望向另一个极其陌生的人，很不解，要探究她何以存在。仿佛她是另一个星球来的。她的脸有点矿物质的冷，有点石头的单一，有凛然不可侵犯之气。她不笑。不笑的人，即使身处人群中还是那样孤僻，神思恍惚。她不在此处。或者说，她意欲像把刻刀在雕镂一块石头那样活着。但显然那个地方不在此处。

她有一些男性气质：穿宽大的外套、戴大檐帽，试图藏起自己的身体；她穿款式中性的衬衫，配上她没有笑容的无表情的脸，很酷。她即使穿裙子，裙子也没有任何灵魂，只是一块布，笼盖好了她的身体——她这样的酷冷在她所处的时代，甚至在所有的时代，都只会显得怪异与疏离。凡高、塞尚、卡夫卡，都是这样。这算不得什么。

然而灵魂紧闭的人自有其使命。那使命甚至更值得一究。诚如天空星辰，遥远虚渺，却可凭依一点星光，提示着宇宙的广大无界限，并以这无界打破人们眼界、思维的“有界”。保姆、管家，种种身份、职业都只是薇薇安·迈尔的一层窗纸，方便她隐藏其后。她来人间另有目的——为摄影而来。当然基于性情，基于也许我们永远也不能明白的一些原因，她紧紧捂住了自己的嘴巴，一生都不说出。这一个捂住嘴巴的动作，令她一生都处于紧张之中。而紧张，你知道，往往是艺术创造者所必需的某种氛围。

她为自己制造了这种与其艺术匹配的、恰如其分的氛围。同时她又并不自知。她只听凭天性的指引，寻求最贴合的状态，因而才能完全地摈弃矫揉造作，达到一种天然的完成。当然，这“完成”在薇薇安·迈尔那里，是通过死亡来实现的。成为星辰，唯欠一死——很多天才的命运都是如此。歌德那样在世即已名满天下的幸运并不多得。这也像要成为果实，唯有从高高的枝头坠落。若是悬挂在空中,一枚水果永远完成不了自己。

晚年时,她已无力支付储物柜高昂的费用。连栖身之所,也是曾照管过的几个孩子凑钱为她租下的。她长时间坐在河边,不与邻居交流。每个人都当她精神有问题。最后她跌了一跤,很快就死在了医院里。

微贱如斯,她也并不去吐露那些底片的秘密,并不揭开高贵内心的一角。她很大程度上可能是个基督徒,因为她只面对自己的灵魂。虔信灵魂的人,才不需要向外。外界的认可,外界的反响,这些喧嚣与躁动,反而是对她寂静灵魂的打扰。她早已洞悉这一点。只有洞悉,她才独自行过这漫长时间,她才不言不语。

当她死去,人们只得拍卖她那些柜子。有人赌博般的买下，大约花了三百九十美金。那人面对她镜头下二十世纪五六十年代的芝加哥,敏锐地嗅到背后的大故事。他寻访她的来历,将她的照片部分上传网络,她的秘密逐渐曝光。这是缘分,也是巨大的商机。如今,她的照片复印件一张已卖到两百美金。而原件,一张八千美金。她终于以冥寂无声惊动了世界。

在庸常人间,“一生只做一件事”已经算是了不起,已经是有境界。而她,在一生只做一件事(当保姆)的背后,其实做的是另外一件事(摄影)。而她真正的目的,真正的价值,正是这另外一件事情。这已接近于神的做法。神不都是这样吗?菩萨有可能化身平民，亦有可能在乞丐身上显灵。这也接近于大地的做法。在时间与大地的合谋下，一次岩浆运动，便捧出大地珍宝。而她与时间合谋，留下了这些底片。或许，她是最深刻地理解时间的人。她不是战胜时间，而是成为时间本身。

她早就在心里给自己定了位。有次她与孩子们在花园里玩一个游戏，当孩子们问“你是谁”时，她并非敷衍、并非玩笑，而是极为肯定与镇定地答道：“我是一个间谍。”

的确是这样——她终生潜伏人间，终生窃取人间情报。没有人比她把一个间谍的使命完成得更好，没有一个间谍比她更“是”一个间谍。

安在

据说人的灵魂只有二十一克重。这轻微得等同于无的重量，若是无法安妥，必定驱使人如临火烤，一刻也不得安宁。我看过那么多人，把家装潢得漂亮、洁净，有的甚至如宫殿般豪华排场，然而他们并没有多少时间待在这身体的安顿之所里。他们到人群里去，到酒桌或是异性身旁去，他们也到山水里去——但是在山水里他们看见的也是人。他们穿得显山露水，名牌压身，然而他们的黑眼圈一直挂在脸上，他们的腿抖个不停。于是你发现他们的宅第长时间空着，他们脸上的恓惶和心里的恓惶一样多。他们抱着手机一刻也不能放下。你明白，他们的“二十一克”还在流浪。

然而奥伊瓦·考文的故事则正相反。我在一部芬兰短纪录片里遇见他。和绝大多数人一样，奥伊瓦本是个注定要被时间彻底湮灭的人，却被这个纪录片的导演所追寻。原因是导演偶然在跳蚤市场发现奥伊瓦留下的两箱八毫米胶片。(他的胶片时长共二十小时，八毫米的胶片一卷才四分钟。你想想他拍了多少卷。)胶片里的内容涉及世界各地,缤纷绮丽,透露出奥伊瓦见多识广、无限丰饶的一生。正如不敏感的作家无法成为好作家一样,敏感的导演才能踏上成为好导演之途。这个购得胶片的导演不由得要开始追寻这个叫“奥伊瓦”的人。用五年时间,他拍成了这个五十几分钟的短片。

世俗观念上看,奥伊瓦的一生清贫、清冷、疏离。他1909年出生于芬兰,母亲是洗衣工,父亲是司炉工,两年后妹妹玛塔来到世上。奥伊瓦十几岁便去到叔叔店里帮忙。四口之家饱尝贫穷之苦。而后他去当兵。二十几岁,奥伊瓦回到赫尔辛基,与母亲、妹妹一起生活。这时他还是一个英俊青年。“身高一米七四,不高也不矮”,他如此在一封求职信里自述。他所求之职是去一艘海轮工作,他想去看更辽阔的世界。是的,年轻的时候我们每一个人都想去看世界。有一天他真的报名成功,去了一艘海轮。他做的是在船上铲煤送煤的工作。我想,在挥动双臂、汗水涔涔之际,他偶尔透过舷窗所看见的那些风景,那辽阔的海、飞鸟,以及所到城市港口的一派繁忙,这一切一定都与他内心某块地方契合,并且激励了他。一年后通过学习,他当上轮船机械师。此后一辈子都在轮船上工作,随着海水洋流走遍世界各地。

很难说,是生活不断铸造了起初还很幼嫩的理想,还是理想在选择某一形态的生活。抑或二者一直在激战与握手,终于求得一个大的平衡。奥伊瓦渐渐确立了自己的理想,那就是看遍世界看遍人的生活。他也用了一辈子去践行。而在海轮上工作,恰是实现这理想的必要条件。这种生活实际是有象征意义的。总是动荡着,路过一个又一个港口,却并不停留,只是前往更多的景地,探求更多的惊奇。

奥伊瓦有两个爱好。一是写信,刚刚上船的头三个月,他就给母亲和妹妹写了五十封信。这源于对观看的热爱,源于分享,更是源于内心之丰饶。他更大的爱好是摄影。他是那么喜欢美的人与事物。他既敏感于细小的事物,也惊叹于宏大的美。每到一地,他都要拿起摄影机,情感饱满地记录他的所见所闻。他凝视小瓢虫爬行的庄重、浓密黑发美女的频频回眸,记录金字塔下的埃及、孩童天真烂漫的土耳其,他也留下海上日出的血色一刻、自由女神的凌厉一角。他对于色彩有着狂热的爱,绚丽的、冶艳的色调,总是最快地抓住他的目光。对于女性之美,他也非常敏感。他捕捉她们艳丽裙裾的翻飞、她们极富性别魅力的笑。一次又一次,乐此不疲。

在轮船与时光的动荡之中，奥伊瓦开始慢慢体会生之“失去”。起先是妹妹得癌症去世。过几年,母亲也离世。曾有人问他为什么不结婚,奥伊瓦回答说,家里已经有两个好女人了。这是一种幽默,也是真正的精神上的自足。现在,他生命中这两个好女人都离开了。他孑然一身,世上再也没有了亲密的人。

孑然一身的人,内心更需要支撑着活下去的动力。或者说,他们更具备这种能力。这能力类似于一种对生活的信仰,坚信活着必有其意义,个人的存在必有其价值——如木心,如章诒和,如去世未久的杨绛老人。奥伊瓦也是。直到七十多岁,他还在到处旅行,拍摄各种奇异景色。他七十多岁时到了南极,然而轮船发生事故,把他放在轮船底舱的所有胶片都毁了。四年后他又重新到了南极,此时他已八十一岁高龄。

他总是很想与人说话,与人分享。有一次他忍不住给一个在夏天的度假屋做过邻居的人发明信片,告知自己的行踪——然而那只不过是个擦肩的邻居,对方是否记得他都还难说。后来,他觉得还是给自己写明信片更为妥当。于是到了南极, 他给自己写:"嘿,这是来自世界尽头的问候。我。"

落款是"我"。把自己当作另外一个人。或者说,从自身分出一个来,给自己做伴侣,做家人。自己与自己说话,自己与自己周旋。我没有看过比这更孤寂却又更浪漫的事情。

然而孤寂并不是枯寂。他的外在生活,看起来有些像寒冷冰山,在大海中缓缓流动。他的两箱胶片,却又透露了他极度的丰饶。他于九十一岁去世。人们发现,直到死前六个月,他还在纸上研究外太空,研究飞行员的手记,研究一种叫"虫洞"的天文学理论。他的下一个目标,也许正是那里。对于世界,他的目标没有止歇。

我很孤寂。我亦很丰饶。我为世上有奥伊瓦这样的人而感佩。即使身边,这样的人也有:一个常年看守水泥工棚的人,在房屋前后种满月季与杜鹃,他盯着盛放的花朵,体会与另外一类生命同在的欣喜;一个清洁工永远把她负责的厕所打扫得像家里的卫生间一样干净，而后她钩织毛线，低头的那刻透露她灵魂的宁静……他们都有股自生自灭的野草一样的劲头，然而却统统没有虚度此生。一次又一次，他们以自身透露出的一股“安在感”感染我。

安，即定，如树有根，如达摩面壁；在，即确认自我的存在、自我的价值。人所做的每件事，都能够证明自己的“在”，证明在这世界来过。纵然人人身后都是一个广大的叫作“虚无”的背景，然而人生虚无，我不能虚无，人不能被虚无打败到七零八落。然而人若能安在此生，不飘忽，不分散，便也像给身体找一个舒适的家一样，安妥了自己的灵魂。这是最为紧要的一件事情。

木心老人尝有言，这世上，多数人只是“行过”，而非“完成”。我理解，他所说之“行过”，是水漫过地皮，风掠过树梢，终究形不成自己的形状。而“完成”，却是在最终处要使自己成为一枚果实，一枚人类之果。要有保护自己的皮，有甜美丰盈的汁与肉，最重要的，是要有核。而那一生凝聚而成，同时又贯穿一生的核，在我看来，即是“安在”。

如果导演没有偶然地捡拾到奥伊瓦这枚人树之果，没有将它精心呈现给我们，奥伊瓦无疑早已完全消融于时间，不为任何一个世人所知。然而这并不要紧。“安在”一如奥伊瓦一生最可靠的行李。即令遇上沉船、遇上触礁，都夺不走它。他已带着它，安然走过这世界。他已完成他自己。这个，最是要紧。

地上的盐

异于一般循规蹈矩、按部就班生活的人，塞巴斯蒂安·萨尔加多是那样一种罕有的类型：他人生里发生的每一次重大转折，几乎都是听命于心灵召唤，而并不是依据外部种种设定的结果。仿佛他内心里有自己的庙宇，住着自己的神明。那神明平日神秘蛰伏，无须专意供养——或者说，神明以萨尔加多的日常生活为日常供养——但在某些时刻（多半是些属于人的关键性时刻）却会现身，用只有萨尔加多才能听到的默语，指引他要走的路。那是一种比传统还要清晰、比父辈还要权威的声音，神秘，然而不容置疑。因而萨尔加多每次听到后都义无反顾。而事实也证明，萨尔加多每次前往的命运，都如此有价值，如此不同凡响。

萨尔加多1944年出生于巴西一个普通农场主家庭。父亲殚精竭虑送他去法国学习经济学。农场主的儿子学习经济学，再正常没有了。然而1976年，萨尔加多即将毕业，他迷恋上摄影（有时我会认为人对某一事物的迷恋应该是来自前世的记忆，此世只是接续与更新)。当即,他跳出既定的路线,去做摄影师。这种在寻常人那里十分艰难的选择,萨尔加多却做得十分轻松,连家人和美丽的妻子也无一反对。一条“二十世纪伟大摄影师之路”就此在他脚下展开。在一个人的年轻时代,由于精神世界的未被大面积破坏,由于体力的充沛与身体的健康,更由于想象力的饱满,人总是能更多地听见来自心灵的召唤。而人是否呼应它完成它,却有许多制约与权衡。许多人就此选择的是听而不闻,他们随同大流前往物质世界寻宝又或者是得过且过地任由生命萎缩。而萨尔加多,如此轻松、完美地呼应,这无疑来自他的美好天性与内心神启。

同为二十世纪伟大摄影师, 萨尔加多和薇薇安·迈尔的工作方式、工作范围、工作对象完全大异其趣,仿佛在从事着截然不同的两样工作。薇薇安·迈尔几乎只在相同或相似的街区行走,观察与截取可能遇到的画面,有一种于“小”中侦察到“大”、于螺蛳壳中做盛大道场的气质。她日常归日常,摄影归摄影。愿意示人的示人,意欲遮蔽的不顾一切遮蔽。而萨尔加多属于那种“身体力行”的摄影师,他迈开两条长腿,像羚羊那样奔跑,渴望出现在世界每一桩大事发生的地方。他对“重大”有异乎寻常的敏锐。他企图的,是以镜头记录,并以第一手照片知会、警醒、凝聚世人。他的日常即摄影,摄影即是他与世界的交谈。对于所做的工作,“缄默”是不道德的,他要发声。

有二十年,萨尔加多奔赴世界各地,记录战争、灾祸、难民及人的大规模非正常死亡。他有无与伦比的摄影技术，并且在拍摄完毕后，于世界各地举办展览，以此唤醒世人，以及进行一些实质性的诸如为灾民难民募款的工作。他成为拍摄这些题材的权威，地位越来越不可撼动。他记录萨达姆在倒台之前对五十口科威特油井的焚毁。他拍下那被石油浇得翅膀湿重、再也无法起飞的鸟，拍下前往扑火的加拿大消防员无力疲惫的脸，拍下那石油焚烧过后大地无边的荒芜。他用照片向世人说："瞧这由凶残的个人意志摧毁的世界一隅！"他为记录1994年卢旺达种族大屠杀，先后三次去到那里。他见证人类最残酷的一面。一个二十五万人的难民群体，到达目的地时仅剩四万人，一条一百五十米长的公路铺满尸体，包括无穷无尽的死亡的孩子，只得用铲车来辅助下葬。还有满布世界的瘦骨嶙峋、与鬼影无异的成年人……一次又一次，他看到的都是消解正常生活的祸难，是显示人性残暴的杀戮，是随处可见的死，是无处可逃的逃。终于，这最后一次关于卢旺达难民的记录，几乎击溃了他。他边记录边对自己追问：即使拍摄的照片可以对一些有良知者产生警醒，甚至可能在艺术上有震慑人心的效果，然而摄影对暴政者有用吗？摄影能够阻止任何一场屠杀或任何一个无辜者的死亡吗？在一个个平民倒地身亡成为常态的地域，他越是活跃地跟踪这些，不是越会有罪恶感袭来吗？

萨尔加多感到自己的这种"活"，也成了问题。"我的灵魂生病了，我根本不相信人性的救赎。"他如是说。即使二十年过后他回忆这一切，眼角仍凝着一颗泪。无疑，他的灵魂生病，实在是在代替人类生病。他不相信人性救赎,实在是对人之残暴无底线的清醒认识。他完全拍摄不下去了。他决定放弃摄影,返回故乡巴西。此时他已有了"二十世纪最伟大的社会纪实摄影家"的头衔。一般人只要获许踏上这张名利的红毯,按惯性走下去,地毯就总会自动为他延展开来——世间诸多大师的生平都在诠释这个法则。然而萨尔加多完全不在乎脚下所踏的是地毯还是荆棘,他只听命于内心。他像一个杀手,不断追索自己、追索意义。世间并不缺少摄影大师,然而一个如此像上帝一样思考的摄影师,却微乎其微。

他终于在离开家乡二十多年后,回到这个祖辈定居的巴西农场。他要休息一下疲乏的双脚与生病的心灵。但是他发现,不仅是他的灵魂生病了,他的家乡,这大地一角,也"生病"了。由于干旱,由于环境的破坏,家乡已由他少年时代记忆中的一大片热带雨林,变成不毛之地。世界都在毁坏之中,他的故乡也不例外。

惯常思维是,他是回来疗伤的,休息吧。然而幸运的是,这个自我即将崩溃的人有一位智慧明眼、一直陪伴他的妻子,她深知萨尔加多乃至整个家庭需要获得改变与救赎。她所提的建议是植树,是把故居这一片空虚土地还原为从前丰茂的雨林。意味深长的是,妻子的提议对于萨尔加多只是个火引子,是个线头,也就是说只要细微的一点就足够了,就足够他再次听到内心的召唤。那召唤是一直在人体内涌动不息的生命力,也是人的智慧与思考力穿透了现实的表皮之后发出的指引。这二者的结合,形成了萨尔加多心中姑且名之为"神明"的东西。这神明的意义,就是前望与远瞻，就是在人陷于怠惰、陷于消沉，甚至陷于绝望之地时，亮起灯塔一样的指引。当他听见妻子如此提议时，他其实就是突然听见那神明说："既是放下了摄影，那你何不种起树来，恢复这块大地本来的样貌呢？"

如此，没有停歇地，从对人的关注，他转向对一切生物栖居的大地的关注。动植物的美好、大自然的循环之美将他从对人的失望与厌倦中拯救了出来。他又行动起来。他与妻子开始每年种树。起先树木只能存活百分之四十，第二年存活了百分之六十，终于，树的根越扎越紧，土地上的绿色越来越茂盛。最后，在这个不毛之地，他们用十年时间，种上了二百五十万棵树。他们的私家农场，现在已成为国家森林公园。

他说，"大地治愈了我的心灵"。他的声音平缓有力，与大地之辽阔一致。是的，在目睹种种"反自然"之举之后，只有"自然"能够治愈他。现在，七十多岁的他重新开始了名为"创世纪"的摄影项目，专门拍摄地球上那些人迹罕至的地方，那些濒临灭绝的物种，拍摄北冰洋、海象等等，他的用意是告诉世人：最初始的地球，是这个样子的，是这个样子的宁静、这个样子的美与动人。

他的人生印痕之动人，在于让人们见证他与灵魂的美好关系。在他那双总是在迈开的长腿、那双总是在凝视某个对象的眼睛后面，我们仿佛听得见他与自己灵魂的对话。有时灵魂走得太快，有点跟不上，他便说：等等我。有时他又比灵魂稍快一程，他便又歇住一阵，等灵魂如风追来。

而他的履历之深刻，在于他以每一次生命变化揭示出他对于“大地”“自然”以及“人”的理解是螺旋式上升的。有曲折，有波段，比一般水平行进的人生更为吃力。然而最终总是能够艰难地上升到一个更新的高度。因而他比一般人也总是更为坚决。

对于人，萨尔加多说：“人类是地球的盐。”这个观念当然来自《圣经》。《圣经》里，耶稣告诫世人：“你们要做地上的盐、天上的光。”如何理解呢？那意思是，盐可调味，盐可防腐，盐是世上最有用的事物。

和大地以其生生不息、以其沉默且坚固的本性成为大地一样，萨尔加多仍然选择了相信“盐”。因为他自己就是一粒盐，且是盐中珍贵的那一粒。

卫生间里的神

拧开卫生间洗脸池的水龙头时，我又看见了那队蚂蚁。他们紧贴墙壁，穿行于洗脸池前方，均衡保持两毫米左右的距离——这两毫米并没有谁拿尺子刻量好，再画线让他们遵守。但是这些训练有素的军营老兵，却绝不会多迈或少迈哪怕半毫米。

我热爱观看这支棕色系队伍行军的样子。他们心无旁骛，身轻如燕，屏息敛气却又大步流星。虽然一直在我眼皮底下游走，其实却有惊人的速度——我曾盯着单个的蚂蚁看过，只要一错眼，它往往就被魔杖点过般消失了。若以身长比例来权衡，他们定是短跑里的博尔特或刘翔。他们总是“急急如律令”——有一回读书，看到道家将迅速善走的神称为“律令”。“有鬼有鬼，撮盐入水，太上老君，急急如律令”，《窦娥冤》里如是说。我瞬间想起卫生间的那些蚂蚁。那古代的律令，莫不是附体在了这些渺小的生灵上？

蚂蚁们将要前往的地方是一只临时停放于墙角的塑料袋。里面是家人扔弃的饼干包装袋。我知道一定是打前站的蚂蚁，搜寻到的。平日，我总看见几只小蚂蚁在地面勤奋走动四处侦察。这些为这个族群完成粮食大计的先头部队，不知疲倦地在卫生间里移动。我初次看到他们几小时搜寻无果的样子时，不免要发出种他们在等待戈多的无用慨叹。但是日复一日地与这样的场景相遇，并且看到一有消息，蚂蚁们即不辱使命欣喜飞奔回巢，我方明白，我的感叹是多么浅薄。既然肩负使命，那么于荒芜处仍要寻找，于绝望中仍要觅得生机，这本就是人生或蚁族或世上一切生命的真谛所在。

面对这样的勤奋，我唯有心生敬意。

现在，他们有来有往，繁忙异常，获得一批粮草的欣喜正在队伍中无声蔓延。有的已经或抬或扛起一点饼干屑回巢了——那是多么细小而又细小的饼干屑啊，于他们却不啻找到一块鱼翅或燕窝。若是空手而来的蚂蚁碰到这搬运工，他们必以额角相互一触。而后他们或迅速分开，各尽其责而去，或空手而来的留下帮忙，共同搬运——显然那背负过重的蚂蚁悄悄地告诉了另一只：我很累。你来了，真好。

我曾经想发现蚂蚁是用怎样的语言交流。我感到，他们无声无息，几乎是我所能看见的唯一不打算惊动这个世界地活着的昆虫了——我所喜欢的很多事物，都有这样的共同准则：秘密地活，秘密地死。但是，他们彼此又是多么相爱啊。这个热爱身体接触的族群，他们摈弃冷漠、矜持与骄傲，零负担地和同类相触相拥。任何生命种类，想来都本能地懂得肌肤相亲的确高于任何有声语言。而蚂蚁,是完美地践行这一规律的族群。

除了触碰,他们也像狗一样沿路留下某种味道。后面的蚂蚁即使是散兵游勇,若据此追寻,根本不会迷路。

有一次,我故意用张纸将一只蚂蚁引到了一米以外的地方,想测试一下蚂蚁遇见意外时会发生些什么。无疑地,那蚂蚁慌了神,也不敢乱走,就只是在原地打着转。我已打算把他再放回原处了——这时,我看见他的一个同伴找来了。他的速度比平时更快、更急——样子就好像那些走失孩子的父母,若是蚂蚁也有眼泪,我想他眼里必定含了失去友伴的泪水。不久,他找到了这个被我恶作剧拐走的同伴——我看见他们的额头长久地碰在一起,劫后余生般,久久不愿分开。

另有一次,一只蚂蚁在运送一只同类的尸体回巢。毫无疑问,这起悲剧事件的制造者绝对是我,也许是我无意踩中,也许是我泼出的水淹死了那孤单的外出者——但是,神啊,请原谅我,蝼蚁那渺小的身躯,是连你们偶尔也会忽略看见的。我看见蚂蚁吃力地、几乎没有任何进展地往前挪着,就像拖着一个巨大的十字架,毫无平时的速度可言——死蚁的体重比活着的蚂蚁要大得多。但是他并不打算放下,他几乎是不屈地拖着同伴前行,而且他也不打算先回营搬兵。他是怕一旦他走开就再也见不到这个同伴了吗?

我震惊地看着。蚂蚁有着怎样的丧葬制度?他们也有墓地,也有追悼仪式吗?我不知道。我只看见在一个无硝烟的战场,那幸存的兵,拼死也要将战死的同伴带回家乡。

所谓家乡，就是那隐秘的，只可以容纳蚂蚁自身进出的小小的巢。我一定要说说这个。

卫生间光光亮亮的，瓷砖洁白，除了数条毛巾、牙刷、水桶外，到处都一目了然。他们住在哪里呢？起先我根本找寻不到。后来有一天，我看见数根长头发纠缠着堆在卫生间角落。那是我洗头时掉落的。卫生间太空白了什么也捡拾不到。可是这些聪明的匍匐于地的小神，竟懂得一根一根收集人的头发，把它们聚拢来，那一小团黑黑的发丝，恰到好处地遮盖住了蚁穴。

为什么每个巢都要遮盖呢？蚁穴本就够黑暗的了。我想蚂蚁们一定极度严谨地遵守着某种规则而活，不然巢里面发生的交通事故就实在是太多了。我因此有时渴望变身为一只小蚁，这样就能够去到那大地的深处，看看蚂蚁们是如何地，在那黑暗中的黑暗，度着时光中的时光。

现在，饼干屑已经搬运回巢。塑料袋被清理得没有一丝屑。蚂蚁们打道回府。转眼间，我卫生间洗脸池前，如散场的舞台，空空如也。

透过刚才那无声无息却犹如有千军万马参与上演的一幕，我仿若见到当年古老的“丝绸之路”旌旗摇曳、车马辚辚的盛况再现——是的啊，一段仅仅持续五分钟、两米的蚂蚁行程，和持续数年、绵延几千公里的商旅路线，其繁重、负累、耗损、牺牲，其实毫无区别。而且，旅人经过千山万水，归来便开始将他们的游历或苦辛，结为财富、文字、照片或口头唾沫四处宣扬。有的更成为不死传说。

而这些卫生间里的漫游者,他们的行程若是加起,何止千万里,却依然这样无声无息。

他们有着神一般的准确、严谨以及勤奋。

他们也有着神一般的慈悲、怀善以及大沉默。

我和这群蚂蚁已相处四年了。起先我对他们与我共存于同一屋檐之下,是有本能的抗拒的。我甚至试过以杀虫剂、以一遍遍拖地来清除它们(多么残忍)。但是我看见他们从没彻底消失过。这个族群总是保持着一定的数量,不增也不减地恒常存在着。我不免自问:他们本就是大地上寻常又古老的生物之一,是生物链上不可缺少的一环——如此说来,他们其实比我们更有存在的权利。人若是仗恃自己是生物链上最高一环而随意消灭他们,也许无异于自掘坟墓。

我爱上了这群蚂蚁。我们彼此语言不通,但我却日益将他们视为老友。有时我会掰一点馒头屑放在水桶或门边。有时我则坐在小凳上长久低头注视。不知道为什么,这些无声无息的朋友,却往往比外界的那些喧嚣在我心里引起着更大的震动。芥子般的小神啊,实在暗藏大的须弥!

不是吗?我曾无数次因暗自追问人生的意义而堕入行动的犹疑迟缓与心绪的空茫虚无,有时亦困惑于生命究竟是为领取数个微薄的奖励还是为接受一次漫长的惩处而来。但是我的这群卫生间老友,他们奔波不歇,如孔子所言的逝水般“不舍昼夜”,他们仅仅以完美无缺的行动告诉我,蚂蚁,这袖珍的圣徒,它匍匐于大地之上,每一步都是朝圣者不疑不惑的叩拜。

我也曾无数次产生世上究竟有没有神的疑问。但是现在,我已不再追究此事。神,从来隐身于万事万物之中。在卫生间,我一次又一次地看见他。

是的,我想我可以这样理解神的存在。

就这么旁逸斜出下去

出单位门时,恰好园林工在修剪道两旁的树木。

经过几个季节的生长，这些以樟树为主的树木都已长得有声有色。每棵树都像一个小型国家,有些肆无忌惮地扩张着。街道为此稠密了不少。

一年两季的被修剪,成了这些树木的必修课。

专用的园林车顶上,安装了巨大的电剪刀。剪刀下,站了三四个或负责操作开关或负责撸去枝枝叶叶的工人。

树下则是一个指挥全局的人。围观伐木的路人都围着他站——他因此多了些指挥者的豪气。

只听他不住地指手画脚地说:

“剪这里！”

“还有那根要砍！”

“那也是多余的！剪！”

——这些随意生长的树木,我每天都要看到它们好几遍。不知不觉我与这些树有些感同身受起来。仿佛我自己就是那树,或那树的家人似的。

因此,指挥的这些话,听得我真是心惊肉跳。

电剪刀在指挥之下开动,哧哧作响。那些长在树顶端或者树身周边的细嫩枝叶,随之纷纷落下。而即使更粗壮些的枝条,只要剪刀所至,也不消五秒钟,就在强大的马力之下一折两段。

很快地,这树便被修剪成了一把标准伞,整整齐齐,笔直向上。他们于是向下一棵树胜利挺进。

不消一个上午,这条街就将撑起一长排绿伞。每一棵林木都生得一模一样了,有点像长在十八十九世纪欧洲园林里。

举目望去,街道疏朗是疏朗了不少。光线因此也比原来通透了。

这条街,却陡然枯燥了许多。一些由树的密致、树的互相牵搭笼罩而产生的曲曲折折的韵味消失了。

地面上,那些剪下的枝枝杈杈纠缠不休地堆积着。树木的清香四处飘逸。树叶子与松针层叠一处,色彩斑斓。脚踩在上面,柔韧而温暖。

——这是在园林工眼里,一棵树中比较旁逸斜出,并不值得继续容留于树的那一部分。

他们权威地认为多余的部分。

不能有损于秩序。破坏秩序等于破坏美。等于多余。

——这大约是园林工人的美学原则。

但是,园林工有园林工的美学原则。而我有我的。

并且我的,恰好与他们相反。

树最有趣的部分,恰恰在于那旁逸斜出。那几个枝条如何溜出了向上生长的大部队,而独独向着左上角努力?一簇叶子又如何密密麻麻聚集在了一起,像开一个研讨会般比别处热闹、喧腾许多?

它们没有成为树的主干,没有引领一棵树生长的那股绝对力量。用现在时髦的话说,它们不是“主流”。

但是这又有什么关系呢?

它们为树增添了神秘的趣味。它们与“主流”同样有着成长的艰难与美。

树,因此有了更多存在的理由。

一棵树。完全的秩序,完全的规则,该是多么乏味啊,就像住院病人,一律穿病号服。

像活了一生却毫无故事的人。

在我所喜欢的欧洲电影里,除了故事主角,导演往往安排些和故事不怎么相干的人。

他可能是个独居多年的老邻居，总是抓住一切机会狂热地宣讲着宗教教义、人生哲理以及上帝究竟长了一张怎样的脸，而他的听众，永远只是两个踢足球之后累瘫在沙滩上休息的男孩子；也有可能是个热爱酒精的工人，在电影的背景深处，一杯接一杯地喝着苦闷至极的酒；还有去倒一袋垃圾的老太太，她的身体弯成了九十度。这使她足足用了三分钟才把垃圾扔进垃圾桶。

他们类似于文章中的"闲笔"，对于故事的发展或推动其实完全不起作用。

——在许多导演那里，它们完全是多余的。它们的命运，一定是遭到删除。

这样的旁逸斜出的人，我却总是看得心领神会。有时，在看过电影之后，我脑子里最先想起的就是这些人。而很久以后，关于这场电影，脑子里什么也留不下了，而我依然能回忆起他们。

就好像在翻阅一堆历史书籍之后，我能记住的，往往不是正史，而是类似于野史、花絮的部分——它们从历史这棵大树灰色的树身中旁逸斜出，冲破森严，开出斑斓的花朵，人性的色彩与趣味尽在其中。

在我们周遭的生活中，有多少这样的小人物。他们永不知名。总是存在。

的确，在一群人中，总是那最边缘、最心不在焉的人吸引我。

我也总是喜欢听那最言不及义的陌生人说话。他们有着和主流人群不一样的心事、不一样的心路，他们很容易就透露出接近于生命本质的部分。不掩饰、不修剪，因而不做作。

门卫、修鞋子的人、路边摆摊卖廉价发卡的母女……

他们是世界这棵大树上旁逸斜出的部分。对于树的发展，可以说，丝毫不起作用。

如果世界要唾弃谁，他们必是最先被唾弃的部分；如果世界要剪伐谁，他们必最先被剪伐。

——但是在被唾弃之前不能自弃，在被剪灭之前不能自灭。

他们的力量来源于此。

关于“旁逸斜出”，我曾听到个受鼓舞的故事。

养过苹果树的朋友告诉我，在苹果树的树根，常常会突然蹿出一种叫“徒长枝”的枝子。它以惊人的速度爆发，然后长势凶猛。当它的势头盖过老的主干时，有经验的果农会毫不犹豫地把已遭虫蛀、遭风雨侵蚀、多年不长的老干剪去。

事物的新陈代谢并不只有一种方式。令“徒长枝”成为新的主干，这也是方式之一。

野百合也有春天。旁逸斜出也有着成为主流的潜质。

——的确，过了几天，我再看单位门口那些树木，我看见还是在被修剪的部位，树身又长出了些新芽叶，它们所朝向的，也依然是那个“旁逸斜出”的方向。

在发展规律之外，因着旁逸斜出，事物有了新的种种可能性——这是多么令人鼓舞的一件事啊。

那些旁逸斜出的树。那些旁逸斜出的人。且让我们就这么旁逸斜出下去。

暗房

有一天,去采访一位素来尊敬的作家。他的家是所住了多年的老宅子,客厅几乎没有任何装修,地板没铺,原本大理石的颜色已看不清楚了。墙上的油漆早已有些斑驳脱落,主人似乎也懒得去理会。总之,他的家有着跟他十分相称的一种朴素与一目了然。一切都顺其自然。

我以为为了方便我们带点专业性的碰面, 他会把我带到书房里。

谈话却是在客厅进行。这有点出乎我的意料——我向来以为在客厅里谈的总是吃吃喝喝、健康减肥这样的大众话题。客厅总是具有某种敞开的欢乐的性质。

因此与他的聊天显得有些东一句西一句,磕磕碰碰的。我要写的关于他的那篇短文, 看样子也只有留待我回去查阅更多的资料后再次前来。

起身告辞时,出于某种读书人的习惯与爱好,也出于对他不领人上书房谈话的好奇，我冒昧却又觉得并不算过分地说："能带我去看下你的书房吗？"

他把我领到间关着门的小屋门口，随手推开门，并且随手又打开了就设在门边的灯的开关。显然，推门与开灯，在他是一套连贯的两个动作。就像跳水运动员花样旋转之后垂直入水那样，一套动作早已经做顺了手。

房间的确光线不好，需要进门即开灯。因为窗子完全被厚厚的窗帘给遮挡住了，房里很小，除了张桌子，到处都凌乱地堆放着书籍、稿纸。地上是电热汀、小水壶，以及纵横交错的电器电线。

在我看来，除了紧紧拉着的窗帘，这书房和任何其他人的书房并没有什么两样。

他似乎明白我的意思，解释似的说，我老婆一见我写字就总给我撩开窗帘，说那样对眼睛好。可每回我都要把窗帘拉回来——因为按照她的做法，如果拉开窗帘，让外面的光线透进来，直接照耀在书桌、电脑屏幕以及我的脑袋上，而且如果我感到对面可能有邻居在往我这边有意无意地看，我就好像被小偷偷走了最重要的东西，我就根本写不出一篇稿子了。连一个字也写不出。

他竖起一根指头，代表那写不出的、对他却又至关重要的一篇稿子，或者一个字。他的样子郑重其事。

我说："这让我想起我曾去过的一个摄影师的暗房。里面不许有任何光线，如果不开灯，连自己的手指伸出去也看不见。你这真像摄影师的暗房一样啊。”

他得遇知音般，说：“对，这就是我的工作‘暗房’——除了一盏小小台灯发出的灯光，周围全是黑黢黢的，这正是我写字时所需要的最理想的环境。我的思绪在这里总是像泉中之水，不歇流动。久而久之，这里形成了一个专属于我的小‘气场’。我一进来，便与这‘气场’相契合，感到得心应手、从善如流。在这里待着时，哪怕一个字也不写，我也感到自由自在，待多久也不厌倦。”

“这也正是你不把与他人的谈话安排在书房的原因。你唯恐有另外的气场搅浑了或复杂了它。你要保持这‘暗房’的‘暗’的纯粹与彻底。”我说。

他默认般的笑，说：“你明白我了。”

与其说我明白他，不如说我明白暗房的重要。

在从前，胶片流行的时代，当摄影师抓拍到自认上好的素材后，他总是携带着相机，匆匆赶往他的暗房。

没有暗房，他绝对冲洗不出一张好照片来。

他紧紧关上暗房的门。不会带任何一个人进去：妻子、铁杆朋友或者热恋的女人，都别想跟着进去。他把一切外界打扰：光线、人迹，以及如果在日光之下必然会带来干扰的因素，都关在了门外。

他忙碌着，在暗红色的安全灯的灯光里，在显影液、放大机和安全灯等必备设备的协助之下，在他内心对一张好作品的无声又热切的呼唤之中，一张上好的照片才冲洗了出来。

他对世界的观察，他观察之后抓住的思考，只有在暗房，经过缜密的工作，才能显影出来，才能以黑白照片的形式，向世人表达。

——只要有一丝外界的光线透露进来，照片就冲洗不出来。这使暗房就像那些虔信宗教到至高无上的人的内心，他们对自己的信仰之物之神，总是从不透露半点。他们像蚌壳把珍珠抱在怀里般紧紧地守护着这一大象无形之物，仿佛仅只透露一星半点（即与外界一相交流），那珍珠的质地就不够纯正、不够圆润了。

——把珍珠抱在怀里的蚌壳般的暗房，因此有着某种心灵圣地的意味。

我想起来，在眼前这个写作者的脸上，我一直觉得有点什么与众人不同的东西。那是兼夹着沉静、冥想以及专注的一种莫名的颜色，一种骄傲与谦卑、冷静与热烈相混杂的无以描述的神情。

——现在我明白了，那是长期在"暗房"里工作的人，拒绝外界打扰的人，专注于心灵显影的人，蚌病成珠的人，脸上留下的痕迹。

并非幽闭症特征，也并不是刻意矫揉造作。他只是需要如此。

当他把鼎沸的叫卖，把无数新闻旧闻，把频频来访的友人，甚至把作为“内人”的妻子，都统统关在他的书房之外——连一只苍蝇他也不想叫它飞进“暗房”来——他才得以专注：专注地思考，专注地工作。

思想是这样的，需要排除一切外界干扰方能至其最深刻处；艺术，也需要最专注的付出方能达到巅峰。

因为，于沉暗处，才能更好地拂去喧嚣的泡沫，观察到泡沫覆盖之下的真实生命体；于集体生活之外，才能与自己镜中相望，与人类兄弟般比肩促膝。

在我喜欢的那些伟大作家里，蒙田、福楼拜、契诃夫以及卡夫卡，在他们的脸上，我也早已发现了这样浓重的、至死不休的“暗房”痕迹。

“不，我绝不离开我的角落半步。”——这些人里，言辞偶尔最喜激烈的福楼拜也许会这样宣称。而其他人，终其一生，也都在修筑自己的写作“城堡”。

角落、城堡，以及暗房。三者性质是一样的。

——他们，与我眼前的这位写作者遥相呼应。他们组成人类历史上唯一一支可以命名为“暗房爱好者”的队伍：绝不相见，却又绝对彼此心心相印。他们以各自独门的“暗房洗印技术”记录人类历史，打扫人间心灵。

那么,这些“暗房”爱好者真的与世界隔绝了吗？或者说,世界竟完全被他们挡在“暗房”门外了吗？

不,在门里,他们又重新创造了一个新的。

弟弟的树

弟弟去世的那年5月，遵照父母的意思，我搬进了他的房子。

房子是他单位的宿舍楼，当初建的时候，这里还属于远郊，连公共汽车都没有开通。因而单位把房子建得又大又宽敞，阳台、卫生间、卧室设计都非常合理，而客厅，简直大得可以开舞会。

除了离市区稍远，我几乎挑不出这屋子的毛病。

可是起初住在里面的时候，我一直都没有这是自己家的那种"自在"感。

我在房子的这里走走，那里转转，有点好奇，又感觉有点碍手碍脚。很多年前，一个同事去北京，让我住在她家替她看管几个月房子，那时我也是这样的感觉。

我时时都感到，这是弟弟的家，我是在代他守护这房子，仿佛他还会回来似的。

可是，我也明明知道，弟弟是不会回来了——有谁见过从另外一个世界返回来的人呢？

而在这屋子里发生的事,也都在提醒我,弟弟不会回来了。

比如黄昏的时候,如果我站到阳台上,便总能看见弟弟的同事三三两两收工回家,他们身着清一色藏青制服,说说笑笑地进院子。那时我心里总是针刺了一样痛:弟弟本来也是应该在这一群人里走着笑着的。可是不知什么原因,就掉了队。掉到了找不到的地方。

又比如光线。这里的光线无可挑剔的明亮。每次窗帘一拉,阳光都迫不及待地涌进屋来。我待在满室阳光里,常常想:生命在这里,本来是会比在别处要滋养得更好些的。可是为什么弟弟却没有这样呢?

又比如厨房里的煤气灶上方, 贴着弟弟在世时写的一张字条,"注意关煤气",后面还有大大的三个惊叹号。我每次拧煤气开关,一抬头,看见他特有的细长的笔迹,就想着这肯定是某一次弟弟做完饭又想起忘记关煤气时匆匆写下的吧。可是他自己也一定想不到:当初这样对他自己的提醒,不到几年,却变成了他对自己姐姐的悲伤提示。

虽然每一次开关煤气都会见到这字条,且都是刺目且痛的感觉,可是我竟也舍不得撕去,留了好久。

因为我私心里觉得,弟弟留下的东西已经不多了。我整理一次家,就会清理掉一些属于弟弟的痕迹。比如灯坏了,就把老灯座子换掉;电热水器容量有点小,我们便念叨了几次,要换个大的。

还有地板，也开裂了，势必也有要换掉的一天。

这样，再过若干年，他留下的东西会越来越少。他在这屋子、这世上的痕迹会越来越少。

我说不清楚，这是好还是不好。

那一年9月的一天，母亲突然打电话来，东拉西扯了很久。她提到舅舅的病，也提到她那边水管漏水，不过姐姐已经带人修好了等等家中琐事。

这本也是母女聊天的寻常内容。可是那段时间我们已很少在电话里像素常那样正常闲聊了。因为虽然距离弟弟去世已半年，一切却都像是发生在前一天。我们什么也没有忘却。悲伤在每个活着的家庭成员心中漫布。为了不互相影响，也不互相感染，家人之间除了必要的信息转告外，几乎已不闲聊了。

弟弟的去世，就这样改变了家中几乎一切事物：家庭成员的关系、家庭氛围、亲人心理、我们脸上的表情，以及许多道不尽的生活细节。

并且这一切，只有我们自己知道。就像走夜路的旅人，裤脚被夜露沾得湿答答的极不舒适，也只有他自己知道。

因此母亲在电话里那样跟我拉扯家常，显得很不寻常。而且我对母亲太了解，听着她一直期期艾艾、吞吐不定的语气，我就知道她根本没有说出她想要表达的重点。

我等着母亲要说的话。

果然母亲话锋一转，突然问我：“家里那棵金橘树现在长得还好吧？”

恰好我早上看见金橘已开了花，我便随口回答她说：“挺好的呀。开了花了。”

母亲仿佛不相信地说：“真的吗？真的吗？”

我说：“真的呀。我早上还闻了橘花的香啊。好闻得很。”

“真的吗？”母亲又这样问。我觉得她真啰啰唆唆。

“嗯。”

“哎呀，真好啊。金橘都开花了。”母亲又这样说着，就匆匆忙忙结束了我们的通话。

我愣在那里：询问金橘树的状况，难道这是母亲给我打电话的重点吗？

我跑到阳台上去看跟母亲提到的金橘树。

阳台上有我们从路边挖来的野兰、太阳花，有已经养了十多年的老龟背竹，有从街边农人手里买来的茂盛的红茶梅、栀子，有丈夫从东北老家森林里挖来的野生红豆杉，等等。

以及，一棵高大的散尾葵，我跟母亲提到的那棵边开花边结果的金橘。

立即，我就醒悟过来，这后两种树，散尾葵、金橘树，是弟弟留下的。一直把它们混在我自己带过来的植物里养。久而久之，我已忘记这是弟弟留下的了。

母亲当然与我不同。与弟弟有关的一切,一枝一节、一针一线,她完完全全都记得。

无时不在思念弟弟,却极力避免在口头上提到他——母亲来问花,其实是出自这样刻骨的怀念吧。

母亲对金橘树开花的那种半信半疑的语气,其实也是对"连人都没了,树却还活着,还开花了,这是怎么回事?"的深刻疑问吧。

弟弟在他去世前两年住进这房子。为了家中有生气,他特意跑到花市去,花了半个下午的时间挑了这两盆植物来。

散尾葵整体丰满,每一枝叶又是那般纤细婆娑,风来的时候沙沙地像在唱歌;而金橘树,据母亲说,买来时正是春节前夕,上面挂满了累累金黄的橘果,十分的有吉祥气象,并且果实一直到第二年3月还在。而金橘树开的花也非常好闻,有点类似桂花的香,清缈,有女性气。

有了这两棵常青常绿的树,阳台变得和乡间的田野一样勃勃有生气了。

在挑选植物这件事上,弟弟的眼光上乘。

我想起有一年与一个乡村的人闲聊,那人说到人喜欢哪个季节的花,就会死于哪个季节。喜欢梅花,就将在冬天里死。而珍爱荷花之人,则必将逝于夏季。

这样的说法,有没有内在的道理与逻辑且不管,我却是一听难忘。我那时只痴想,散尾葵是春天里开花。而金橘树,则是夏季开花。那么,死于3月的弟弟,应该是喜欢散尾葵多一些吧。

可是也没法求证了。

我对这两株植物开始十分关怀。有时候浇着那两棵树,会仿佛听见弟弟用他生病之前最惯用的调侃语气在说:“哎,小王啊(他一直都这样把他姐也就是我叫作“小王”),拜托不要把我的花养死哦。”

于是愈加上心。

但是很快我就发现,并不需要我的特殊照顾,它们和其他植物生活得一样顽强,一样茁壮。散尾葵已经冲到了阳台两米高的天花板;而金橘树,体积已经有一张小方桌子那么大了,果实也从秋、冬到春,连头到尾挂了足有三季。

每当这两棵树有什么生长的变化,开花了,结果了,长高五厘米了,这些我都第一时间打电话告诉母亲——我知道她想要听什么。

长虫子要喷药、要记得拉开阳台窗帘叫树们见光、出差要托付邻居来家里浇水——而母亲也总是这样叮嘱我。

像两个园丁在交流花情。可是只有我们两个人知道,通过树,我们在说一些别的话。一些悲伤的话。

可是悲伤里也含有着莫名的希望。

我观察着这些植物。结论如下：树们没有特别的悲伤，没有特别的欢乐。剪掉旧叶，它们并不沉湎于丧失的伤感，不一阵它们就长出比旧叶更好的新叶来弥补。

树们没有特别的爱，没有特别的恨。给它们换盆之后，无论是换到上好的陶瓷盆，还是叫它们屈居于一个楼道处捡来的破土盆，它们都视之如家。它们的内在必定要经历极大的忍耐与磨合。然而它们平静着，不露声色。

树们只是生长、生存。除此，它们什么也不稀罕。什么也不能够干扰它们。

树们是生命大平静的典范。

在花开又花谢的过程里，像树们一样，我们也逐渐地克服着失去亲人带来的忧郁、烦躁与伤感，渐渐把心底如许的褶皱，一点点熨到平整与平静，渐渐把弟弟的离世看作每个家庭都必定要经历的悲伤——这一点小小的认识，差不多花了五年的时间。

我也渐渐把这儿当作自己的舒适的家。外出散步、晒太阳，与弟弟的同事邻居相处，养弟弟留下的花。

做这一切，都不再有隔阂。也像树一样，我教导自己在生命的大波折里寻找真实的平静。

春分日那天，天气晴好。于是想起给家里的植物剪枝、松土、施肥，把小盆栽换到大盆，又把大盆的太阳花移到小盆中。这样足倒腾了一下午。

站在阳台的一角细细欣赏自己的劳动成果。突然发现，这样一大片绿色的植物群里，还是散尾葵、金橘树长得最好。好到我不得不相信：即使哪一天我们都要离开这个世界了，树还会照旧活着。

这个世上，树比人要活得长呀。我想。

这是弟弟留下来的树。

候诊区

一

有几年，因为生了场不小的病，去得最多的地方就是医院。开始是固定在一家专科医院。后来身体略恢复，有些精气神，可以跑得动了，又奋力自学了些就医就诊常识，其中有教病人若是拿不准治疗方案或是确诊不了病情又或是对医院某诊断有怀疑或困惑，病人不妨多跑几家医院，多听不同建议这一条。我觉得这个说法大体是对的，对于渴望全面了解自己的病情却又往往所获甚少的病人来说，把不同医生的不同说法互为参照，从中判断、寻找自己觉得最为靠谱、最为信任的治疗，还真是比较好的一个选择，虽然这是比固定跑一家医院看一个医生要多花费一点体力、财力以及智力的。

在这样的指导思想下，市内几家大医院都去过并随着一次次繁复的看诊而对医院那些局部、细微的不同渐有体会，从而渐渐熟稔起来。我熟悉它们回廊的旋转通向，每个楼层的功能，挂号处哪个收费员手脚最为麻利（这样我便每次都到她那个窗口排队以便迅速一些），甚至清洁工的职责分工（医院清洁工与他处略有不同，有些司职打扫，有些则专门收集医疗垃圾）。一进医院大门，我便产生一种熟门熟路的感觉，连一个门墩也可快速绕过。我穿行在医院各处，挂号、候诊、看诊、缴费以及取药。每个医院每个部门的规定都有细微的不同，初次进去的人往往要蒙。他们慌手慌脚，四处找人打听这咨询那，身体本身就病得厉害了，还要为这些病之外的事情操心，也是没有办法。但是我因为去得多了，就几乎没有这些问题的困扰，这是成为医院常客的一个好处。

最为熟悉的，还是医院的候诊区。为了能进到医生看诊的那间小屋，有时得在候诊区待上一上午。逢到挂号稍晚或春节过后，在候诊区待的时间则更长。上午走一趟，下午再跑一趟的事也是有的。有一次上午十一点半才轮到，我的号是 89 号，也就是说，这个医生一早上几乎要看一百个病人。如果她全天坐诊，她至少要看两百个病人。我被这庞大的数字与工作量吓着了。于是对于在候诊区坐得再久也并没有什么怨言。好歹我还是轮得上的。好歹我也无须像那些从下面县乡来看病的人，他们因为舍不得再花钱添置而往往拖带着方便面、水桶、暖瓶等各种日常必需品，因为多耽搁一天就得为多花一天住宿费发愁。我看惯了他们愁眉苦脸地在候诊区等待的样子，两相对比之下，觉得自己简直是幸运的。因此每次我几乎都是无怨无悔地在候诊区坐着，等再久也没有什么忧愁与不耐。

在契诃夫的作品或是另外一些古典小说里，总是出现“候诊室”的字眼。然而我发现,在我所去的这些医院,“室”是不存在的。候诊的人太多了,一室一屋不可能盛得下。于是候诊处多为一个敞开的区域，有大有小。大者颇壮观,有一次我从医院二楼俯瞰下面一个大的候诊区,乌泱泱几百号人,乌泱泱一片嗡嗡嗡的声音翻上来,与自由市场没有两样。稍小的候诊区,则多设在专科病室外,神经科、骨科,或是中医科,几条经得起各种摔打的椅子前,是小小的LED屏,上面滚动着病人号码及要去的医室房间号。病人歪在椅子上,家属则都伸着脖子痴盯屏幕,生怕一个不留神就错过了。

椅子可称“一位难求”,永远不够坐。大约要到上午十一点或是下午四点半以后,才有空位像积雪化开一样渐渐露出。其他时间则往往是一堆人安静坐着,周围的地面则是另外一堆人坐着,上面铺了报纸、塑料纸,有的把鞋脱下当垫子。还有直接坐在地上的,并不顾忌脏。有后来者偶然看见人缝里竟然有张空椅子,他心中暗喜,不带表情不惊动他人地悄悄走去,然后一屁股坐上去。却听“哗”一声,他摔了个空,要不是手撑着椅边的扶杠还不知会摔成怎样呢。原来那是一张千锤百炼之后,已经被人坐塌了的坏椅子,不然哪里还能够空出来。周围人被惊动了,为他的摔姿暗暗发笑,心内理解的同时又庆幸自己早早得到一个位置。又有早到的女人会拿包或用腿为自己的家人占住一个位置，但当她看见病恹恹的人来到面前时,往往也会把包拿起,或是缩回自己的腿。谁都会有不忍。在候诊区,恻隐之心很容易生起。而“势利”这一种东西则比我在外间见到的要少得多。

二

为了能够顺利坐到这样一个候诊区,前面其实要做许多事。准备头天就开始了。医保卡、就诊卡、病历、X光片,还有钱,都要事先装好,免得第二天慌手慌脚遗漏某样。闹铃是必须的,医院早上七点半开始挂号,实际上早晨五点就有人排队了。都是为了挂到一个专家号的人。出门的时候天总是灰蒙蒙的,拉开的士车门,油条包子的气味扑出来,还没有开始第一单生意,司机正在慢吞吞吃早点。“去一附院。”这样简短地说。司机迅速点一下头,把装着半拉包子的塑料袋放到一边。这么早打车的人,除了旅行,就只有去医院的。双方都无心多言,车内气氛寂寥。车窗外,路人寥落,白天大兴土木的那些城市改造处,现在左一坑洼右一篷布、前一水泥堆后一脚手架地袒露着,像正在做手术却又被医生临时搁在手术台上的病人,看了令人沮丧。

到了医院,立即去往挂号处。秩序倒是比别处都好,况且一些大医院还有穿制服、戴了袖章的保安在维持。一家若是来了两人,多半分站两个队列,这样谁先轮到,做个手势,另一个就撤——都是为了保证时间的有效和高效而想出来的办法。专家号往往很快就“售罄”,窗口扩音器便会有一个经放大之后已变得尖锐、犀利的声音来问:“副主任号要不要？还是要普通号？”给窗外的人思考选择的时间往往只不过两三秒,因为他再迟延,后面排队的人就会发出催促的声音。“专家号 26 元,副主任号 15 元,普通号 9 元。”他瞥一眼窗口醒目贴着的价目表。“要副主任号吧。”迟疑却又快速地说出,把钱递进去。快速是受不了后面的催逼,迟疑则是拿不准会分配给他怎样一个“副主任”。

一张薄滑的小纸片,随着就诊卡、医保卡及找零递了出来。三厘米见方,比水果糖也大不了多少。上面有患者名字与号码,又印着医生名字与房间,边走边看了又看,揣兜里怕弄破,捏手上怕丢,细心的人便会把它夹到钱包里,心里牢记着上面印的号码。号这样才算拿到了。

拿号是看诊关键的一环。要安心坐到候诊区,就得有号。号有着临时身份证的意味——病者是一种在大多数时候都秘而不宣的、特殊的身份。“我是一个演员”“我是一个作家”“我是教育局领导”……当人们在大庭广众之下如此宣称自己的身份,总是带着自豪甚至炫耀。身份自带光环。而“病者”这一身份,自带了消音、消色功能。病者萎蔫、忧心忡忡地隐于人群当中,几乎是小心地看护着自己的身份,无心示人。

只有在医院,在候诊区,你手捏一个小纸片,这个身份才得以堂而皇之地亮出来。

三

候诊区这个地方,有点公交站台的意味。彼此目的都是同一方向,彼此又是陌生人。乱虽乱,却又按照某种看不见的流程在走。坐着的,看见有人捏了号去推医生的门,便羡慕地看几眼,心内推算还要多久方轮到自己。也不时有人不耐,起身去到医生紧闭的门扉前,轻到几乎没有声息地推开一条缝,多半是只瞥见一件白大褂被几个人所围,并没有什么进展,只得又匆匆退回来。

剩下可做的事,除了打盹、刷手机、想心事,便是陌生者之间的交谈。

除了车站与机场,医院应该是城市人口密度最大的地方之一。但是在机场与车站仿佛更容易偶遇熟人。我就曾经在机场碰到过两次朋友。那样一种浅淡的惊喜与推着手推车各赶各路的匆忙,令人觉得意外且这意外透出种生活的丰富。而我去了无数次医院,长时间地坐在候诊区一动不动,却从来没有碰见过一个熟人。有时我对此感到奇怪,有时我甚至希望能够碰上一两个,跟他们打个招呼然后转身分手各看各的病也好啊。然而,从来没有过。难道熟人里只有我一人生病吗?这样想便有些孤独。但在这个地方,“陌生人”这个概念似乎又是不存在的。不用三句话,大家就可以聊得非常开了。主题当然是病。较小的候诊区,大家得的几乎是同样的病。同个器官,同种的治疗程序,服用同样的药,甚至聊着聊着会发现是同一个主治医师。这时简直就有点彼此是师兄弟、师姐妹的感觉。

可聊的就太多了,多到非常专业非常琐细的程度。不要吃发物,不要骑车,不要熬夜……寻常看来极易忽视的东西,在这里彼此传授时却郑而重之。新得此病的人,只要不吝向身边的资深病友请教,他所获得的常识及禁忌,并不一定会比从医生那里得到的少。若是一个好学之人,在如此聊过之后,进到医生办公室,几乎就可以和医生对话而不是只听医生一人说道了。即使较大的候诊区,彼此病种、病态都不同,但只要认真听,依然可以快速了解到诸多医学常识及各样病理特征。听到无数医学名词:并发症、交叉感染,又或是纤维瘤、缺血性血管病、尿流导引……这些名词,一方面令人深感疾病的高深莫测,我们寻常对于自己身体的那些了解简直就是盲人摸象一般;另一方面就更是令人感到了医院以及医生那种有如工兵之于地雷般的存在的不可或缺。

另一个聊得多的话题是药价与治疗费用。县乡来的人会比较这里与县里的价格差异,住过院的则彼此打探,国家出多少,个人又要花多少。女性之间会问得更细致,诸如医院食堂贵否好吃否,若是找人护理护理费该怎样算。这类话题无一例外地用“真贵啊”“快要看不起病了”作结。然而也就是如此轻叹一回。更令人思虑的,还是疾病本身。

对于病的思虑和担心程度,则又完全视乎个人。到了医院,坐到了候诊区,疾病对于生命或隐或显的威胁已经必须正视并加以处理了。但每个人对于疾病的理解真是完全不同,甚至是相反的。

即使病情相同或相似,由于各人心胸、视野、性格、所知医学常识,甚至家人影响都不同,便呈现出完全不同的精神状态。这精神状态又如一条会越流越急、越流越阔大的河流,影响着病者的未来。

四

若是你在候诊区看见一个神情若有所思的人，那个人也许是别人,也许就是我。我想我是病得太久,有些寂寞了。在候诊区,我竟然断断续续地写起多年未写的诗歌来。我感到“诗歌“这一体裁竟然与候诊区十分匹配。疾病令我触到生命某些平时隐而不显的深邃层面,亦知道为什么死与生只隔了层牛奶皮似的薄膜,用筷子一挑就可掀开。我见到许多病如猛虎来袭然而并不忌惮、总是乐观迎上的人，他们的坚强样子总是激励我；也见到不少为病所苦所忧,因而于自身疾病之外又添一样“抑郁症“或“躁狂症”的人,我眼见着他们一步步迈向深渊的命运却毫无作为。这些人都如一面面镜子,每一面都令我内在的情感变得更为激荡或更为忧愁。因为病着,体力精力都还是欠缺,加之医生护士也有可能随时召唤,也就写不了太长的文字。然而所遇见的这一切对于我,又是那么富于冲击力,情感积攒的迅速、情感的力度都远比在寻常生活及舒适的家中来得要强大有力得多。我积郁太多,必得为自己寻找一个出口,于是随时写几行分行文字于我便非常合适。当然那也许并不能够算正宗的诗歌,我写得太急促,文字也不如平时那样讲究。但是这并不要紧。在那时,我写下不是为了给别人看。我只是需要写。

我在手机上下了一个叫“锤子便签”的 app,类似于 word,可以储存、修改文字,条纹的页面本身也很清爽。当人内在有一股“写”的动力时,写作工具的好坏,写作环境的优劣,甚至写好之后有没有人看了叫好之类的事情,都统统不存在了。“锤子便签”成了个类似于我心灵临时告解之所。即使它只是个虚拟的软件。

我采取的方法类似于“人物速写“,写的几乎都是在候诊区遇见的形形色色的人:瘦得像非洲难民的老人,因为无法忍耐因而看上去是在毫无禁忌地咳着;苍白到比纸还白的孩子,不过四五岁,蜷在父亲的怀里,安静只是因为他没有力气不安静;也有声如洪钟的生意人,趴在长椅上(大约是生了痔疮或是前列腺的病),还在令人难以置信地打着漫长的电话谈价格或品牌;又有蒙了头巾,显得眼睛更大,一望而知是化疗之后脱光了头发的女子,在她的眼眸深处你能看到昔日美丽留下的独属女性的矜持, 以及未曾发出却分明存在的“又能怎样呢”的叹息。如果他们无意之中传达给我一些特别的、与生命或死亡有关的讯息,一些如塞林格所言“既凄楚又污秽又美好”的细节,一些并不美丽,甚至称得上绝望的哀愁……所有这些又像气流一样在我胸腔的“太平洋”上空盘旋低飞,我便急急打开我的“锤子便签”。

有一首叫《秋风骤起》。是在候诊区,一个男人蜡黄的头搭了块破毛巾,枕在他媳妇的腿上,身旁是一个被子包袱与一些简单日用品。日用品上面两三根香蕉已经发黑了,有些黏液和丝露着,也没有扔掉,也许一会儿还要吃。他们两人占了张三人长椅,也没有谁有异议。显然正在等待一张CT片结果的他们,已经花了太多的钱,不想再花钱住旅社了。不知为何,他们两人组成的是很大一块体积,这体积却安静极了,静得像一种消音装置,可以把整个候诊区的声音涂抹一净。在他们的对面,我凝视他们再三,确定这“静”是来自他们面部的一种表情。在这异地他乡,在这神鬼莫测的病中,他们脸上有种已经抗争却有点无用、已经打算放弃却又心有不甘的表情,有种一生也许只此一次的表情,有种叫作“听天由命”的表情。

为那表情所惊心,在他们的对面,已经没有座位,我依着墙根,拿出手机写:

秋风起,他们没有任何交谈
没有感觉冷,没有感觉不冷
没有哀怨,没有不哀怨
窗外病恹恹的冬青树丛一动不动
他媳妇一动不动
他也一动不动
一切的雄心、一切的坚强
都吹走了
他们组成一尊有着漫长无边的沉思的雕塑

又有一首是《来自吉安县的小个子女人》。女人是我在中医科门前的候诊区遇到的。小个子,四十岁左右,绝不会超过四十五岁。穿套花色睡衣,斜倚门框站着。她的头拿块毛巾包裹了,即使包了也看得出是没有头发的。一直看人,又似乎一直在寻找什么。看见有人捏了医生开的中药方子出来,她总要迎上去:“大姐,我在打化疗。吃中药有没有用?大姐,你这方子治乳腺癌吗?抄给我行吗?”她逢人就聊几句。聊几句又要返回,好倚着门框歇息一会儿。显然是正住院,恰逢无治疗,便到候诊区来看看人透透气。

我看着她。她的眼睛是倦的,却又不甘;身上几乎没有肉,肉都供养给肿瘤细胞了。她的声音有点起伏不定,絮叨中流露出一种担心无人愿听的自卑。这使她看上去介于正常与癫狂之间。扫地的清洁工走过,她俩聊着天。“丈夫是小包工头,生意走不开,况且,可能已经麻木了。我三十二岁得这个病,又复发,现在都第三次手术了……”她有点掏心掏肺地把患病史与家世说给眼前这个握了笤帚且与自己年龄差不太多的女人听。她自己也知道,她得的是乳癌中最凶险的一种。扫地女工则世故地看看四周又看看她,道:“这样啊,你去庙里求求菩萨……”

“我去求了!我怎么会不求?!”
她的声音高起来,又低下去
仿佛知道,这抵拒的声音,既不能被神听见
也不能被死听见……

仿佛知道，不过是旅程越来越短，越来越被收回

不过是如此

“不过是如此”，我写道，没有再抬起头。“苦难”分出无数化身，在人世间四处逡巡。在医院，在候诊区，它们积聚更多，甚至可说最多。肉身之痛，心灵之苦，以及经济、人情之拮据与紧张，精神在此多重高压下产生的变异与分裂……都是苦难们一言难尽的影子化身。这个地方，成了一方名副其实的“苦地”。

苦难在“苦地”游荡，在一个个无名者身上，它们直观地显现自己的深度与威慑力。它们抓获大把人质，极尽凌虐与欺诈，并最终有可能还是不饶过他或她。它们却也锤炼勇士与禅者，苦在这些“人质”身上被绕指柔般转化，化为“没什么了不起”的内心宁静与淡然，化为令人欣悦、令人勇敢的人性微光。《为一位江西东乡市老者而作》，正是我在“苦地”带一抹明亮之色的收获。

一个来自江西东乡的老人，在同一个候诊区，几乎同样的早晨八点光景，至少有四次，我遇见他。他那样高瘦，腿长如鹤，他的外形就仿佛注定了他是要不歇奔波与流转的。在医生到达之前，他总是与我闲聊几句，音低低的，语调令人舒服的平和、谦逊——要知道，在医院这个地方，我听了多少语带焦虑与忧愁的声音啊。像冒火一样的声音。像呜咽一样的声音。有时候连我自己的声音也不知觉间变成这样。他却是恒定的，几乎不变的。后来我不再去那块候诊区，想必他也结束了六个礼拜的周期性化疗。我们无意互通姓

名,列车上、旅馆大厅里,邂逅的人有可能互生好感,互留日后的交流方式。而在候诊区滞留的人,就像难民滞留某个中转地,骨子里是希望越早脱离此地越好,脱离时不带一丝痕迹最好。没有心力亦没有兴趣生成牵系。

然而后来我有时会想念这位老者。对疾病的悲观,对未来的渺然,时时会纠缠一个病者。这也是苦地之苦之一。我用对这个老者的想念激励自己,就像用一首歌曲一首诗或是朋友的某次问候激励一样。这激励是极为短暂的,却告诉我另外一个事实:我们每人内心都有一座能量库在冷藏。每次激励有如每次唤醒或化冻。力量来自内心,只不过有时需要外来的媒介。

我将对他的了解、对他的情感,都写进了这首诗里。唯一一首写于家中而非医院那嘈杂候诊区的诗。

每周四早晨四点十七分,你独自从江西东乡搭乘火车
五点四十一分到达南昌,那时天尚未明
你坐2路公交车,再在人民广场转10路
到达第一附属医院
这时天已经亮了,天光照着
你手里简易的环保袋,里面装得鼓鼓囊囊
有干粮、雨伞、保温杯,以及化疗药品

你做完化疗,搭乘下午一点三十九分的车返回

"三点不到我就到东乡了。
老太婆瘫在床上,我还来得及照顾她……"
东乡的夕照是怎样的,能否照见你的环保袋
里面除了雨伞、保温杯,
还增加了东乡车站旁边菜市所购的一把菠菜

聊到这一切,你始终都挺满意
满意于仿佛为你设计的列车往返时刻
满意于总是第一个到达医院,第一个治疗
满意于回家有一个老太婆可以照应
满意于病,并没有继续恶化
满意于生活,就像列车,继续运行……

后来有一阵我没有遇到你
后来我总是想起你
——是这样的,命运让人偶然相遇,却必然留下寓意
我想为你,也是为我自己写下点什么
可我什么也写不下来
我能说的就是,当西西弗抱着石头上山的时候
并不像他人所理解的,是在服漫长无边的苦役。
我想说的就是,
一位江西东乡的西西弗,他欣然于他命运的表情,

在深广的生活面前,大段抄录、引用他人的语句来解释、证明正发生着的生活,是毫无必要的。生活本身比警句更震动人心;生活本身也比所谓金句要更闪闪发光。生活将“诗歌”与“诗意”以各种各样的形式、方式托到了我们面前。这一位江西东乡的老者,当他出现在候诊区,他与人平静交谈,谈他的病,谈他平凡之极而又惊心动魄的生活,都令我想起从年轻时起就热爱的加缪所描写的不朽的西西弗形象。这个老者,他对生活苦难的深重隐忍,他对癌疾的无所畏惧,以及他对妻子那微细到一把蔬菜的爱意,只有用西西弗这一形象来指代才是准确的。

我将我遇见了一个西西弗这件事记录进这首诗歌。这是我生命里苦中含甘的收获。而且,我知道,苦地的每一个人,都有可能是一个穿不同衣服、怀不同心思、看似微小然而在他们的个人生活中以及在对他人可能产生的影响中都极为重要的西西弗。

我知道,西西弗是随处都可能有的。

有如枯山水

年谱

大约是行到了人生某阶段的必然吧，近几年来对许多事物愈来愈乐意删繁就简。不多的鞋与衣服，几乎天天循环在吃的那么些食品，少少在微信私语几句的朋友。生活虽然未简化到如弘一法师那样连条新毛巾也不肯换——“毛巾虽破，还有巴掌大的一块可洗嘛”，他曾在弟子意欲给他更换一条新毛巾时如此婉拒——却也是竭力地不想增加自己物质与精神的双重累赘。即连阅读口味，也在此种总的人生意旨之下，发生了某些始料未及的改变。即，我对于人物年谱的阅读越来越热爱了。

这变化真是有点大的。好些年前，忘记是如何一种思想背景之下，陈寅恪先生被重新“出土”，被媒体推介与追捧。当时的中国人(或者说文化人)的反应是，每一个几乎都张大了嘴：“喔，原来还有这样一个人存在。”——那情状，有点类似于现在的木心被挖掘出来。就是在那样的热潮下,我购买过一堆相关的书:《陈寅恪的最后二十年》《吴宓与陈寅恪》《陈寅恪评传》《陈寅恪先生编年事辑》。记得前面几种很快读完,只有《陈寅恪先生编年事辑》略翻了一下就放回了书架。我当时没有意识到的是,这正是一本年谱体例的书。而"放回书架"这个动作,即暗含了我与"年谱"之心理上的疏远,还没有亲近得起来的态度。

然而今年我重新找出这本书,一读之下,再没放回去。每翻之,必有所感有所悟。在书中,年谱作者蒋天枢先生严执弟子之礼,恭敬而严谨地回溯其师陈寅恪先生的一生。一年一年,先生的言、语、诗、作,与先生相关人物,师母的各种代为行事、女儿归家、友伴来信来访,每一笔都记账般记得清楚。蒋先生自己则不发一字议论之言——实际,于此静水深流之下,是不可能不暗含其深邃情感的。如在"丁未　1967 年　先生 78 岁"一条之下,蒋先生有这样的叙写:"秋,长女流求因母病返穗。在家住半月。临行,师曰:'这次算是生离死别了!'"简单几笔,何其凄凉与沉痛!每个对"文革"历史有知的人、对先生人格敬仰的人、对人伦之被切割被离散有感有知的人,读此段不可能不有无泪之泪、无痛之切肤之痛!

一桩事有这几十字也就够了,何须再有其他许多话!这就是年谱真实与俭省中蕴藏的自发的力量。一年年,时间、地点、事件,只有这些(偶尔有一两句或一两段,带有逸出的意味或作者的心情,然而到了下一段,又还是收回去的)。就像树之年轮一样涵纳树的生涯，有着刻刀之印的直白与深刻。不假借其他诸如联想、抒情或是议论的写作手段，也不掀起或煽动人的诸种情感而情感自来。真正是佛经所说的“不假于外，唯向内求”。

年谱令我所喜欢的一点，当然是它与传记的区别。除非是自传，他人写下的传记多有演绎——演绎会生光华，然而难免走样。有时甚至会有作传者自顾自的游离与旁顾。如果写作者与作传者性情相异，见识思维也不在同一线上，这演绎便趋于离谱。有如刀与鞘之完全不匹配，难看且尴尬。张爱玲大热时有几十种传记，各种不同身份、不同修养者都来为之作传，迄今也还有人在新写新出版。效果当然也是参差不齐，有的甚至贻笑大方。在今天的我来看，并不如潜心读一本她的年谱更为有益。年谱是一条条事实，是偏于考古与实证的朴素与真实，需要的是阅读者凭自身领悟力、阅历和一个较完备充裕的知识体系，在内心堆叠出他所理解的人生。年谱像叶片水分蒸发后余下的清晰至极的脉络，是骨架、标本一类的东西，坚硬得不容置疑。年谱没有口红或胭脂的点染。年谱是素颜，与菜谱、族谱一个系列，明晰、了然、不带心情。不懂者只觉寡淡无趣，懂者、通者却能读得口舌生津，齿颊留香。

职业关系，我读作家传记甚多。读久了，却渐渐有些生厌。人们对宗教人物、财经人物或是军事人物，多不敢或不具备相关知识去演绎他们的人生。对于作家，却任谁都可以来指手画脚，来评说几句。所以，作家传记是比较“不靠谱”的。作家的生平尤其需要年谱。去年在台南小城“安平树屋”旁，邂逅一家隐于一间大饭店后面的“安平二手书屋”。在这间小书屋里，见到一本薄而陈旧、乏人问津的《芥川龙之介年谱》。我素来读芥川龙之介作品不多，却每篇都印象深刻。他对人性恶的专注描写，他的厌世，他三十三岁的自杀，都在我心底留下一个谜。然而我迟疑着一直没有去找他的传记读——误读一个作家的事情发生得还少吗？不读也罢。

在这本关于芥川的繁体字年谱里，我随手一翻便读到——

“1892年　一岁　三月一日，生于东京市京桥区……上有二姊，长姊初子夭逝……龙之介生后九个月，母福疯狂。”

“1895年　四岁　神经过敏。常听伯母讲怪谭，容易闹梦游。”

“1902年　十一岁　生母死。及此，正式入籍芥川家为子。”

…………

当下，就在那窄窄一条书廊后，在那陌生的台湾小城，我对芥川龙之介的人生及其厌世心态的来源突然得以厘清，心有所悟。母疯母死，姐夭死，成为他人继子，后来姐夫因债务纠纷也卧轨而死——年谱有如镜子，照出芥川的一生一直在经历着这些。那么，他贯穿一世的悲哀有什么奇怪。

读年谱，有时是这样的“解惑”过程。有时又可体会相互印证之乐趣。我家藏一套“高僧年谱”，为虚云、印光、圆瑛、郯虚、弘一等人，他们皆为近代史上知名大德，彼此也有交往与交集。翻读之真觉趣味极大。我印象最深的是《弘一年谱》上的记载：弘一曾写信给印光大师，讲述自己欲发心刺血抄经以求佛法上勇猛精进。印光师回信道："……不要急着抄经，当务之急，先要一心念佛。刺血抄经耗费太多心血，令人心神衰弱，只怕反而成为精进念佛的障碍。"短短几行，道尽前后两辈佛门弟子之承续，两颗巨星之璀璨。我读了这段，又不免去把《印光年谱》打开来。不免想要寻找，弘一如此景仰的前辈，是有何样的一个人生。

日本庭园文化里，我最喜"枯山水"风格。是说偌大一个庭园，仅以白沙子铺地。一大片白中，又仅有稀疏几块黑石、一点自生的苔藓点染。所有园林文化中都有的那些元素：昆虫、花朵、流水、桌凳……一概都摒弃了。枯涩、简洁，以"有"证明"无"——世上至境莫过于此。年谱也是这样的"枯山水"。简洁即丰盛，枯涩即丰腴。当你读之，人生实苦，时间如沙手握不住。生死之间的转换亦在瞬间，这样一些心情与意境，都会源源而出。

共生

最近某晚，看 BBC 出品的关于简·奥斯汀的一个纪录片。简·奥斯汀的生平，相关的传记书与影视作品我看了不下十个。起初纯是为了打发夜晚一段时间。加之我是 BBC 粉丝，准确、掘挖有深度，艺术性也强——这是我理解的 BBC 纪录片的特征。

姑且一看地看完，反倒觉得很值，夜晚没有虚度。简·奥斯汀生活的十九世纪，离我们并不遥远，她的孙辈人都还健在，且都各有成就。BBC找到了他们,以书信、以家族里常有的传说来现身说法,还原了简·奥斯汀的一生。

我最感佩,也最有收获的一点是,了解了简·奥斯汀与其姐姐卡珊德拉·奥斯汀持续一生的美丽关系。在以前的传记书或电影里,这对姐妹的相处,并没有过很多反映。大约天下所有兄弟姐妹的相处,都是平淡悠久,又琐碎到几乎没有一个突出主题的,因此也最易被忽略。

卡珊德拉二十三岁时,未婚夫死于遥远的西印度群岛,她沉痛不已,立誓从此不再谈婚论嫁。简那时二十岁,已经在大剂量的阅读之后,开始沉迷于时代氛围并不允许的女性写作。她目睹了姐姐这铭心的悲伤且悉心陪伴她。父母为这样两个与“隔壁老王”家女儿不同的女儿,操碎了心。为了让她们找到夫婿,父母甚至尝试搬到人气更旺的社区去,以期有更多的社交机遇。然而对简这样一个暗中已写出了《理智与情感》《傲慢与偏见》等后来被公认为世界文学史上最优秀长篇的女性,真爱有如地平线上的初阳,太遥远了。她并不奢望。

简二十九岁时,父母去世。姐妹俩开始了真正的互相陪伴的日子。她们搬回热爱的老宅,凭兄弟们不多的金钱接济生活,两人都终身未婚。卡珊德拉几乎处理所有家务,以便简可以在一旁专心写作——虽然也还是要“偷偷摸摸”。她们穿戴颜色、材质相同的衣服帽子,以至亲戚们几乎分辨不出她们谁是谁——身为女性,我很清楚,要两个女人(即使是姐妹)穿戴得一模一样,她们是得有多么互相认可，互相热爱，是得有多么以对方为荣，以至于你成为我我成为你都是可以的。

三十九岁，简终于赢得与她才华相匹配的名声。满城争说奥斯汀。她拿到第一笔两百英镑的大稿费，第一件事就是给卡珊德拉买条美裙——女性彼此间平凡或珍贵的馈赠，都不外乎衣裙与食品。女性与这两种物质天性亲近。然而或许真有“天妒”一说，两年后简得重病，郁郁离世——死因至今不确定，或许是淋巴癌，或许是其他。卡珊德拉后来回忆简死之一幕，道：“她死前有六个小时，头一直枕在我的腿上……”

她们共生了这么久，几乎是一辈子，然而彼此都知道，现在是要永远地分开了。人的共生，从来就不容易。兄弟姐妹之间，也是。兄弟姐妹起初当然是共生的，然而那多半是于父母羽翼之下，并不需要为彼此付出，即使付出，也是微量的。成年后，兄弟姐妹必然鸟兽散。此后，定期的聚乐、危难时的接济，以及面对命运里的大悲大喜时，物质与精神上共同的分担与分享，都是没有问题的。然而要形成与维护某种像夫妻那样的共生关系却不常见。这是传统，也是人的自私惯性使然。

然而也有像简与卡珊德拉这样的。他们因各种变故，因秉性里的互通与互爱，继续一起生活，一个前来帮助另一个，另一个前来陪护这一个。他们互相扶持着，直到其中一个去世。我自己也是兄弟姐妹中的一环，深知亲人间的相处，有时比与他人相处更难，牵扯的是非更多，彼此伤害度更高，与刺猬之间的相处是一样的。成年,即意味着可以逃避于此。如果不逃避,反而是共生,那么此时的共生,便不仅是血缘的第二次重新凝聚,更是选择之后的选择——血脉的回响之外,要有灵性上的接近、精神上的相爱才可以做得到。共生,非是怜恤与屈尊,亦非世故与算计后的折中主义。共生,只是“我和你”。

他们因而更为紧密了。分离因而更为艰难了。就像眼前简与卡珊德拉这样。虽然只是由一个扮演卡珊德拉的演员在镜头前叙述,然而我看到这一段,竟流下泪来。我好像看到简以虚弱的头贴着姐姐的身体,她们拖拖曳曳的衣裙互相交集、覆盖,与树木共生时互相缠绕的根须与枝叶一样——那是几乎不能分剥开来的。一旦分剥,伤筋动骨。生命力强健的,或许能带着内伤活下来;而那稍柔弱些的,可能同归于尽。

更著名的共生例子,是凡高与弟弟提奥。凡高一生有如漫漫长夜般不尽悲苦,只有两件事是他的蜂蜜或糖:一是绘画;一是有这样一个弟弟,提奥。当他没有饭吃,当他买不起画笔与颜料,当他因宗教信仰而被清教徒父母赶出屋,甚至当他为了情感慰藉,将一个有孩子的妓女带回家却又养不活,当他最后疯癫,他都是求助于提奥:“提奥,给我寄几个钱来。”“提奥,我在疯人院里给你写信……”“提奥……”凡高永远是这样地在纸上,作为唯一对象向着提奥呼唤。而提奥,永远有求必应。也许在提奥的心里,他已经从哥哥身上认出了天才的征兆:纵然世界都与你为敌,我永远是你影子一样的兄弟。

他们其实极少在同一个地方生活，并没有外在的、地理上的共生——凡高在比利时、在海牙、在阿尔漂泊，而提奥在巴黎经营画廊，他要养活自己的家。但是精神上的共生有时远胜过日常起居的贴身。隔空的彼此信赖与忆念，比面对面的嘘寒问暖甚至更强大。凡高去世九个月后，提奥去世。他们葬在一起。很难不让人觉得，他不是追随哥哥而去。这也等于是说，他们不仅共生，而且共死。

这样的共生，让人慨叹大的世态如此凉薄，天才宿命仿佛不得不如此；然而从另一角度，从微观来说，茫茫尘世兄弟无数，这一对却如此相濡以沫，死生相随，这又几乎是奇特而完美的。

我还得说一说我家所养植物里近年出现的一个"共生"现象。是这样：我养的一棵中华杜英树结的籽不知何时掉到它隔壁的兰草盆里，长出了一棵小杜英树；而兰草又不知何时伸了一枝到了杜英树家里，它重新扎下根来，长出了新的兰草。两盆本来不一样的植物，一年之后，一个盆里，是高大的杜英下卧一丛纤弱的兰草；另一个盆里，是茂盛得像个大绿脸盆的兰草边，新生出一棵矮矮的杜英树。我分别用力去扯它们，发现已经是不可能松动，更别提分开了。它们的根系已扭在一起，彻底分不清彼此了。如此，两盆从前截然不同的植物，只因为做邻居，只因为一些极为偶然的情况，变成了亲人间的共生。

这一个共生、共病、共老的生命景观，诚如顾城诗歌所言："我们站着，不说话已经很美好。"

丧失

如果话题也分色彩，诸如“爱情”是桃红，“少女”是天蓝或纯白，那么“丧失”则是一个深色系的，且随年龄、阅历渐长而越来越深色的话题。有如渐渐暗下来的天色，黄昏薄暮之后就是劈头盖脑的一场黑暗；也有如先是细雨泥泞而后竟变得大雨滂沱的天气，一切先前还依稀可见的，最后都可能瞬间被冲卷而去。所以你会发现，在日常生活中人们并不喜欢谈论“丧失”——有时出于人性的劣根性，即使谈论也多半是他人的“丧失”。人们在话语、公布的相片，以及博客、微信这些可以敞开部分自我的地方，都是谈论“得到”的喜悦、“拥有”的骄矜——这些或可称之为“阳光下的生活”吧——虽然我对此相当存疑。然后，你也同样发现，在沉沉暗夜或无人处，他、你，或我自己，在咀嚼、反刍乃至黯然神伤的，往往都是曾经的或此刻的“丧失”。而且，我还发现，愈是喜欢公开阳光生活的人，在暗影里与自己的“丧失”会纠缠愈重愈久。

孩童丢失橡皮,青年脸上起了痘子皮肤失去平整,我妈妈那样的老人某天被人不打招呼抱走了一盆正盛开的花……这些小小的失去并不至于令人涕泪长流,不至于伤筋动骨,更不至于令人辗转难眠、精神抑郁。这些都是极小的插曲,至多构成不悦,却形不成暗影或悲伤,并不算真正意义上的丧失。

要讨论的，是生命中那些大的、无以挽回更无以回避的丧失。我小时曾牢牢记得一个颇具古意的词,虽然我并不太了解它的意思,这个词叫“如丧考妣”。后来我知道了,这个词的意思是,“如父母俱已离世”。人生中一切丧失所带来的最深沉的悲伤,都可用这个词语形容。

再准确不过了。

先是父严母慈,有一天就彻底没有了;先是有个恨不能用布包起装进口袋的爱人,后来某天那人有了新欢便坚决不回头了;先是运动员般的体魄,满世界看得到他的影子,突然一条腿就截掉了;先是家园安稳,有天却祸起萧墙,不得不远走他乡——长到一定年岁，我们哪一天不稀松平常又心惊肉跳地听到这些人生最痛苦的境遇,这些“丧失”的事情呢?是的,这些就是我所认为的,生命中那些重要的丧失:亲人、故土、肉身以及爱。这些全是见证自我生命发展,不可更改替换重置的部分,极具唯一性,生而为人,每个人却必得一再遭逢它们的丧失。遭逢到最后以为自己都冷漠麻木了——在很多老人脸上我们都能看到这种任何事情也无法撼动他们的表情。那其实是因为,他们经历的丧失已经太多。那其实是因为，他们连自己也快要丧失了。简言之，老人的脸代表这样一个事实：怕丧失，却一直在丧失。最后连自己也丧失掉了。人生其实就是这样一个过程。

而年轻人呢？每次听到这些"故事"，因为丧失还没有来得及落到他们自己头上，或者说他们以为永远不会落到自己头上，他们都会用一种短暂的代入法，来思考这个问题。他们都会既沉重又轻松，既急于知晓但不知晓也并不要紧地追问道：那他有多么难过呢？他怎么渡过这难关呢？——这很像一种看电影心态。在黑暗的影院，为故事万分纠结，为主人公且歌且哭。很快，两个小时过去，走出影院，一切都化解了。只不过是一场电影而已，对后面的生活形不成任何威胁或影响。

让我们来看看"丧失"这个蒙面大盗是如何计谋一再偷走我们存于世上并不多的欢乐，乃至于最终目的是想摧毁我们一颗柔软的心的。细考究，丧失的过程其实极其短暂，一瞬，一上午，一天，或一个月。不是吗？亲人瞑目只在一瞬，家园损毁也只在朝夕。所以不会很久。漫长的，夺命的，是那种深入骨髓的丧失的感觉，像石化的种子梗在心口，像不规则的丧钟声要响起便响起。因为失去的东西于目下的人生而言太重要，所以失去的人往往会产生一种感觉（日后也可能证明是错觉），即永失我爱，永不再来。

他会觉得一生都陷入这个失去的感觉中了。

当然，也有丧失的过程非常漫长，且因其漫长而更使人难熬的，那就是肉身的部分丧失。

肉身的全部丧失并不可怕。有如一个小品段子所言“眼一睁一闭就过去了”，是那么的快。所以假设人可以选择死法的话，不少人会选择心脏病猝死。因为快，因为不需要沉重的告别。

肉身的逐步丧失才是最可怕最折磨人的。长期中风卧床、只能靠氧气机呼吸，或是那些日益被人关注的“渐冻人”：身上所有的肌肉逐渐地萎缩，丧失语言功能，丧失行动能力，丧失拿起一双筷子的力量……这些丧失，因其思维与感觉的一直存在一直延续，肉体却部分地不存在不延续——二者遂形成一个对比。患病者因之除了渐渐累积悲伤，还累积更多的沮丧与愤怒。

该如何面对、正视乃至化解这些丧失呢？题目对每个人是一样的，答案却形形色色。很多年前，我痛失过一个亲人，我迄今能证明的是这丧失没有任何办法可以弥补，只能静待时间流逝，裹挟走悲伤。果然，经过五年，或者说，经过五年时间如树叶一般的对记忆的层层覆盖、心性的成长、生死观的一再考量与更新，或者说经过这一切在我身上引起的化学反应，我已能平静想起这件事。那么其他的丧失呢？要多少年？我有时在暗夜中这样问自己。缺乏大智者如我们，难道只能一个一个去试吗？

这些年我已厌倦阅读那些绮丽的、繁复的，于才华比拼中时或可以看见不停向他人“借”来文意的句子与故事。我宁愿用那些时间把《我与地坛》读上十遍、二十遍，甚至更多。在这篇伟大的文章里，我看见一个智者如何面对他不断的丧失：先是健硕的双腿，再是慈爱之极的母亲，再是身体内部器官的病变与坏死……除了一颗完整的心，一双睿智之眼，可以说他所剩无多了。他却于大自然的生生不息、于对其他相逢生命的解读里，用他接近无限的沉思，渐悟出了生命是如何一个永恒轮回与接力的存在。一个死必将迎来一个生。一个丧失则是另一个获得的开始。他就这样获得了恒久的升华。

而在另一本可以反复阅读却从不会感觉浪费我们时间的《瓦尔登湖》中，梭罗写过这一段话："很久以前我丢失了一头猎犬、一匹栗色马和一只斑鸠。至今我还在追踪它们。我对许多旅客描述它们的情况、踪迹以及它们会响应怎样的叫唤……每个人都会有自己遗失的猎犬、栗色马和斑鸠。有的人一辈子都在找，有的人无动于衷。"

有人曾经就此段话询问过梭罗，"失去的"到底是指什么。梭罗反问道："那么你没有失去过吗？"

人人都在丧失。然而仍然要去追踪。要在心底相信，猎犬、马以及斑鸠，那些生存于自然之中的事物，那些我们所心爱的事物，并没有真正失去，它们在前方等着我们。这样想的时候，"丧失感"就留在了我们的脚印后面，追逐不到我们。

如果真有答案，我的意思是，如果真有所谓指导人生的智者，这就是了。

武满彻的脸

微信上偶然听到李健新出了一首歌《三月的一整月》，很好听。查资料才知道其实不是新歌，是李健对一首日文歌的翻唱，只不过新填了中文词。翻唱有点类似于作家对诸如博尔赫斯、卡尔维诺等的“仿写”，都是对原作的大致敬。于是又搜日文歌原作来听——一听之下忍不住要在心里感谢李健——就听见一开始是“咚、咚、咚”的打击乐，足有半分钟，是扎实然而缓慢的节奏，有点像在积雪很厚的地面艰难行走，有点像要发生什么大事前的宁静。我本来刚洗过头，电视也开着，一切都有点乱糟糟的，这略带紧张的、有节奏的开头音乐把人的心一下就打安静了。一个男声开始了吟唱。他用的是像在和朋友叙述一般的口吻，不急不躁，娓娓道来。中间又夹了口琴与小提琴，是很久没有听到的配器法。歌儿唱的是早春吧，歌词简单极了，“我弃花而去/在万物萌芽的三月/我弃路而去/在孩子们开步奔跑的三月/我只怀抱爱而去/与喜悦与恐惧与你/在你欢笑的三月”。

歌很短,只四分钟。然而余音袅袅。电视、家人说话的杂音一瞬间于我都不存在了。仿佛是早春,蓼花碎碎地开,远处江心有只空船在漂。而辽阔的大地上,一个看不清楚面容的人在行走,他风衣一角卷了起来。是这样的有画面感。是这样简单的,然而又万物苏生、值得忆念的三月。

我有很久没有听过这样的配器与配乐,没有见到过这样由音乐衍生而出的画面了。真有点不知所措。遇到好的、优美的、十分想要立刻去回味的东西的时候,我们都会有点不知所措。同时我还有点说不出的难过,因为美的东西是那样少,要沙里淘金一样才淘得到。

歌的相关信息上,作曲人写着"武满彻"。武满彻是何方神圣?我赶紧到网上去搜索。我一下就见到了网友上传的武满彻的照片。或者更具体地说是武满彻的脸的照片。

那是一张初看有如僧侣一般的脸。好像一直是在修道院里生活的,安静着,不理尘世。随后从他微皱了的眉头里,感觉到他并不平静。当然那皱眉并不是厌倦,而是透出十字架上的基督一样瘦削、神性的忧怀。他有一个宽阔的额头,仿佛积攒了太多的才华与沉思,并且已经盛装不下了,那些非凡的物质或非物质仿佛要从他的面部凸出去。这令他的样貌一看就很高古。他用双手托着自己的脸,结果托出了眼角和鼻翼四周的许多皱纹,然而他不以为意。他的眼睛紧盯着人。在他的眼睛里没有很多从事艺术者常有的对自我充满眷恋的眼神。他的眼睛里满满的都是"他者"而非

"自我"。

即使没有听他的音乐,我也会被这样一张人的脸所震动。我想一个人怎么会长这样——如此纯粹、如此孤独,却又如此自足。我的心突然像一个鼓的鼓面,先是定定地静着,随后便被一把无名的鼓槌一下一下地敲。咚、咚、咚,就像他的音乐。

借助网络,我得知武满彻的生平。除音乐之外,这个日本二十世纪最伟大的音乐家一生没有从事过任何一种职业,完全就是为音乐而生。起先并不顺利,没有人认可他的作品。直到1957年,世界知名的音乐家斯特拉文斯基访问日本,偶然听到武满彻一曲《弦乐安魂曲》,大为激赏。武满彻才为世人所知。武满一生不懈于对日本古典音乐的继承,并使之与西洋乐结合,终究成为日本音乐魁首。武满曾为九十多部日本电影配乐。合作的人物包括黑泽明、敕使河原宏等大师级导演。他几乎影响了日本所有的后辈。网上有资深乐迷评论说,"武满彻之后,日本无音乐"。就连久石让也说,"我们应当摆脱武满彻老师的阴影"。

原来如此。一个在作曲时完全不搭理任何人、浸淫其中有如空气的人当然会有那样孤独到死的眼神;一个二十几岁就染上肺结核被医生宣判只有几年寿命的人当然会有对时光的忧伤;一个完全自学作曲,终究独步江湖的音乐大师,当然要配一张那样高古的脸。一张明明确确的高手之脸。

说起来,日常生活里,脸其实跟我们自己距离最远。我们不能用脸来单独完成一样任务或工作。我们用手吃饭、取物、敲击键盘,牵爱人的手。我们用脚奔跑,前往目的地;爬山,丈量每一寸落差。我们用肺呼吸,用心脏感应。总之每样器官都是有实用价值的。然而一张脸呢?当然,脸上的眼睛、鼻子、嘴巴等也是各有用途。但当它们组合为一张脸,脸就成了某种独立的东西。脸是长给别人看以方便别人辨认的。世上如果有两张一样的脸就乱套了。幸好没有。连孪生的其实也完全可以区分。

然而人的一切又都落到了自己的这张脸上。一个人所居的时代,他的父母,他的欲求与忧患,他承受的他向往的,统统都可以由他的脸透露。陈丹青第一次去美国时曾大为诧异。“因为街上的男男女女都长着一张没有被欺负过的脸。”他说。一张脸的信息量就是这样大得惊人!

“他就长了一张那样……的脸。”描述一个人的时候,我们通常这样开头。善意的脸,吝啬刻薄的脸,柔情的脸,刚愎自用的脸,去地狱里走过几遭的脸,以及武满彻那样高古的、柔弱中蕴含坚强的脸……尘世浩大,人脸无数。我二十一岁刚开始工作那年能记住的脸还不算多。家人的脸,同学的脸,仅此而已。在第一次参加的一个笔会上,我看见一个样貌奇特的外地作者。他根本谈不上漂亮,只是奇特。像一堆平面画里夹了个立体石雕,太显眼了。我偷偷盯着他的脸看了几回。后来与同一个办公室的老同事讨论。同事说,他这就是异相啊!他这样的脸一看就能写出好作品。他即使不写作,也能画出好画;他即使去修行,也比一般人要修得好。

虽不认为老同事的话属于故弄玄虚,但要当时的我理解话中之义还是需要等待。等到也看了无数张脸的我的现在,是的,现在我已完全弄通了老同事话的含义,也和老同事一样可以从人群里辨识出一张高手之脸,一张武满彻那样的脸。它们有着一些易于辨别的,却又难以言传的特征。你能意会到的就是简单、纯粹、专注。就是这些。

当你在一个人脸上看到这些的时候,你几乎就可以像案犯指认现场一样,指认他为他那个行业的高手。无论是一个大画家、一个纺织厂女工,还是一个城郊的环卫工人……都是。你基本可以断定他的画作会更近于艺术的本质,更直指人心,她织的布面会更为绵密与均匀,他扫的街道会更为清洁,更赏心悦目……是的,脸容千奇百怪、无一重复,脸下的灵魂,却有可能相似度极高。那是因为高手一生的专注,他对技艺的专精,他视技艺为"唯一"恋人的心态,均凝结为他脸上的简单与坦诚。他没有什么可掩饰的。他与天地、与众生、与自己的关系,在他脸上写得清清楚楚。

而大多数人,要掩藏的东西太多,一张脸因而也像黄昏暮色一样模糊不清。财富、声名、情色……人追逐这些就像不停喝盐水一样啊。到哪里去找解渴的水!故而人脸上的犹疑,即是心的犹疑;脸上的暧昧,即是心里的暧昧;脸上的狡猾,即是内心的狡猾。故而在一张圆滑的脸上,纯粹就消失了;在一张恶俗之脸那里,简单是不存在的;而在一张算计之脸上,专注?那不可能。

我把武满彻的代表音乐,《十一月的脚步》《秋庭歌一具》等循环播放着,并且边听边想着武满彻的样子。他所献给世人的,就是一座音乐的花园,花园的光线、格子窗下的流水、叶子在风中打转的节律,无不美轮美奂,无不是在述说传统与现代的联系,无不是在揭示大自然有与无的奥秘,无不充满禅意。

曾经有一张这样的脸在世间存在过。而且,毫无疑问,只有这样一张脸,才能创作出这样的音乐。

小罗

起初我们根本没注意到你。我们五六对夫妻，一大群人搭火车，坐长途车，相约着来到这个位于冀东北深山中的陌生山庄度假。山庄简单，连一般宾馆的那种大堂也没设置，我们就围着小院正中的一个石桌，登记身份证、分配房间、规整行李。院里一时闹哄哄的。总算一切都弄妥了，我与最要好的朋友选了紧邻的两个房间。我们上楼，就在一楼楼梯拐角处，一条小狗缩在暗影处，并不近前来，却一直看着我们。我有低血糖，兜里恰好揣着巧克力，于是把巧克力从楼梯扔到它不远处。小狗怯怯地走来，一口吃下，又回到原地，目送我们。我们都以为是院里养的看家狗，并没在意，依然上楼，关好各自的门，洗漱一番，然后电话相约着去吃饭。在我开门的瞬间，看见小狗就趴在门边。不知什么时候它悄悄上了楼。采取的是蹲姿，随时准备走的那种。果然，一见门开，狗就转身跑开几米，又回头看看。是又想接近又不敢接近的姿态。

那就是我们的首次见面。那就是你，小罗。

我们在院子里熟悉环境，看天谈天。我们都觉得此处风物佳好，气候宜人，不愧为度假胜地。况且还有一条狗。人的世界里来了一条狗，有时很像一群大人中来了个小孩。谁又不喜欢，谁又不想多逗一逗呢？我们纷纷把带的食物友好地喂你。你并不挑拣，什么都吃。你就像在宴会里吃自助餐一样欢快。

很快，有养狗经验的人就发现，你是一条流浪狗。你的一条后腿走路一拐一拐，毛色暗淡不堪，毛发有的都打成了结，不知多长时间没洗过澡。你无论什么地方都去扒拉几下，总是很饿，总是想找到点吃的。而且你虽然喜欢热闹，愿意跟随着人，但你却不愿人家亲近你。一旦谁靠你很近，你必往不远处躲闪，你对人的戒备心很重。同时，最重要的，你没有我在别的狗的眼睛里看到的活泼、机灵与总是跃跃欲试的兴奋。狗比谁都聪明，它们知道自己很受主人宠所以才会有那些表情。而你的眼神是特别的，是一直琢磨着什么、提防着什么，同时又企求着什么的样子。后来有一天我与朋友偶然在街上看到一则“寻狗启事”，内中有一句，“狗狗的眼神有些忧郁”。朋友把它读了出来，并笑道，狗狗眼神有些忧郁，这怎么判断？

我立即想到了你。你的眼神，恰恰可以用“忧郁”形容。

我向山庄的工作人员打听你的身世。我选择了那个负责打扫房间又兼做厨师的女人，因为她胖胖的——我天然地对胖女人有好感。胖，在我看来总是与安全、母性，与话多、热情，并且与仁慈、宽怀连在一起。况且她又那么的像丈夫老家的一个侄女。侄女也戴眼镜，脸红扑扑的，走起路来全身的肉都在微微地抖动。我们在老家的那些日子，她变着花样叫我们尝当地土产及美食。待我离开老家，最眷恋、日后最常想起的，就是这个胖胖的侄女。

女人快手快脚，说话时看着我的眼睛，很有礼貌的一个人。不知怎么谈到你，或者说谈到狗类时，却颇有些嫌弃。她用很浓重的方言说，一年前，不知怎么流浪来的。来了就不走了。因为每次来的客人都死命喂它，它就赖在这里不走了。

我又问她："其他季节都有客人来，它的食物还好解决，这个地方冬季冰天雪地，一个客人也没有，你们工作人员都放假了，小狗吃什么？"她从来没有想过这个问题，于是愣了一下，淡然答道："谁知道，我们烦它还来不及呢。自己解决吧。"

她用了一个"赖"字一个"烦"字，其实已透露出她以及这里的那些常住人口对客人们纷纷喂你这一事的反感。同时更透露出对你的嫌弃。

那其实是一个信号。你处境的危险，那时已经潜伏、萌动。但我们初来乍到，就都忽略了。我们只凭着自己的意愿对你好。你也投桃报李，对我们这一群人都很"黏"。见了每个人都跟几步。

每个人都喜欢你,有吃的都说,给狗狗留着。但也许因为我是首个向你示好(用巧克力)的人,又也许我们之间缘分殊深,一见如故,你特别愿意跟着丈夫与我,特别愿意守卫我们那个叫“201”的住处。

那天我们去爬山庄后面毗邻的那座山，出发时你并不在我们视线之内。不想刚上山坡,就看见你突然出现,不远不近地跟着。可见狗并不凭借视觉辨人,而是依靠嗅觉。我们走你也走,我们停你也停。大约三米吧,你维持在这个几乎不变的距离。俗语说的“跟屁虫”应该就是指的你这样的。你其实可以轻而易举地像所有小狗一样,纵身一跃就来到我们脚下,缩短甚至消解这个距离。但你并不。你像一个极有交友分寸与原则的人,对前面的人保持谨慎观望的态度。你又像一个被恋爱所重伤的弱者,不能再次踏入爱河。这个“三米”的距离其实更是你与人类的某种心理鸿沟。

我们之间就这样游戏一样,走走停停一阵。最后我们索性采取主动,从山坡往下迎着你去,你竟也一反常态,没有转身就走,没有维持那根“三米”线。无疑你察觉、判断并确信了我们的善意。你停在那里,等待我们之间第一次零距离的亲密。

很自然地,我们俯身摸摸你的小脑袋。你竟不躲闪。后来我才意识到,你已经很久没有这样被一双带着体温的、可无声交流情感的手抚摸了。你独自觅食,独自寻住处,独自对付来自不怀好意的人的凌辱,独自疗伤。而其实你是多么渴望这样的来自人的、带着暖意的、即使只有一瞬的触摸。

也就是在那山坡上，我们琢磨着你该有个名字。流浪狗都是没有名字的。但是由于我们已经这样亲近过了，已是友人了，我们，还有你自己就都仿佛不觉得你是个流浪狗了。我们观察着你，看你有什么特别之处可供取名。这时我们才发现你行走的时候，除了后腿总是一瘸一瘸，其实还是个内罗圈儿，于是丈夫说，就叫小罗圈儿吧。

作为一条狗的名字，四个字太冗长烦琐了，于是我们决定叫你小罗。

有时我觉得，赋予你这个名字是你厄运雪上加霜的开始。道可道，名可名。命名即已确立了某些你与世界的联系。如果你依然是未可名状，是一条没有名字的狗，你就依然可以这样一瘸一拐地在这个世界上行走，可以这样模糊、苟且、孑然一身地生存下去。

山坡取名之后，你与我们越发亲近。很快我发现，你害怕过马路。在这个山庄里面，你对我们亦步亦趋。我们去食堂，你跟到门口；我们去后面的山上玩，你前前后后地追随；即使我们都窝在房间里，房门紧闭，一开门，你也准定趴在门口。你就像我们的保镖或是守卫一样。有时我们不免要打趣："哪，又不给你发工资，你却自己给自己安排了这份职务。"

但是你永远在山庄门前止步。山庄门口是一条有坡度的柏油马路。长途货车常常呼啸而过。马路对面有条通往县城中心的小路，我们总是到那里去买些日用品，或者看看小路两旁的人家。而你，无论你多么想跟随我们，一旦看见我们穿过马路，你一定会停住，你在这边努力地抬起头，看着那边的我们。马路并不很宽，四五米吧。有几次我看见你的前腿都已尝试着踏上马路了，但你立即停住，想起了什么似的呆立，然后悻悻地，返回山庄里。

我想起自己六岁时失足掉落一条河流，幸得贵人出手相救。但从此有十多年，水是妖魔一般的存在，我看见水就犯怵，心生恐惧。我没有办法挨近任何一条河流行走。那么你是想起了什么呢？极有可能你的瘸腿是在公路上被车子碾轧断的。只是命大，你自己拖着伤体，躲到角落里等待愈合，然后你活了过来。胖女人说你来山庄一年了。如此说来，你有一年没有穿过这一条极普通的、所有小狗都能一跃而过的马路了。你宁愿在这个山庄里，被胖女人以及她的同事时刻嫌弃，夹着尾巴做狗。

看来我们都有不可克服的阴影。我们的内在有相似之处。

你还害怕一处地方，是山坡后一间破陋的小屋。我们若是要把这座山走完，小屋是必经之地。起初几次，你跟着我们，只要一到离小屋还有几十米远的地方，你必定停下，无论如何不肯过来。等我们走过屋子，往前走几步，突然发现，本是跟在身后的你，已在正前方等着我们。也就是说，我们的路线像一个圆圈，而你从反方向来追随我们。

你始终回避这个屋子，坚决不从屋前经过。我们不解其故。直到有一回，小屋里出来一个人晾衣服，我们认识他，是山庄的电工。你远远地，仿佛见了瘟神或厉鬼一般，掉头就跑。那一回你也没有到我们的前方迎候我们——那可是你乐此不疲的事情之一啊。你直接就离开了。等我们返回住处，房间的门口静静等待的正是你。

我设想着你与电工从前的纠葛。也许你的瘸腿并不是被公路大车轧的，而是被电工打断的。也或者，他用电线电过你。你的记忆里从此增加了被电击时那逃无可逃、生不如死的可怕体验。不然一条小狗，何以如此惧怕那样一个个子矮小、骨瘦如柴的乡间电工呢？他一定百般虐待过你，给你留下无可抹去的回忆。

可惜我们语言不通，我不能够问问你。

电工、胖女人以及整个山庄对你的态度，我们并不是没有察觉。我们甚至为此讨论过，在离开这里的时候要带你走。可是火车是不可以携带宠物的。我们又觉得，即使这里的几人怨憎嫌弃你，甚至又有一点复杂地嫉妒你（嫉妒你的人气，你轻而易举就得到我们如此的喜爱），可是后面每个来这里度假的人也都会像我们一样爱你的。你的流浪造就了你独立生活的能力。因此，你也许并不需要离开。

带你离开这个话题，我们终是议一议又放下了。

如果我们外出看景,你会送到大门口。如果我们在山庄,你就总是趴在我的门边。我已习惯了一打开门,就能在左边或右边,又或者正对着房间门的地方发现你。你总是直起腰,凝神看我,算是与我打招呼,有一种无须多言的安静。又有时我在门里仿佛听得见外面有微细的鼾声,一小撮一小撮的,与人无异。狗也有鼾?是你睡得香甜入梦了吗?待我一开门,并没有,你是睁着眼的。那么你是刚做了个小梦醒来。你梦见了什么呢?公路上巨兽般的卡车、电工房周围那些黑粗的电线,还是我们抚摸你的手?

但是有一点可以肯定,在我们的门边,你感到安全。

胖女人来打扫卫生,你就没有足够的自在了。你挡了她的道,她边用笤帚驱赶着你,边骂几声。而你起初还习惯性地回避开,退到楼下去。所谓"寄人篱下",说的正是你一直以来的处境。但是渐渐地,随着我们的相熟与相契,你觉得你是认了一门对你不错的亲,你在我们的门前竟有了在守护家主一样的责任心,你竟与她"汪汪"对吼几声。女人用笤帚赶着你,心里一定恼羞成怒极了:一只流浪狗,也向她起劲起来了。

有几回我听到她在门外说,下次弄死你。

在认清形势、顺势而为这一点上,狗远不如人聪明圆滑。

后来果真就发生了“棒杀”你的事情。至今想起来我仍觉得是做了一个噩梦。我希望那梦从没有发生过。

那天早上我在屋里赶一个朋友的约稿。我答应晚上交邮件给她。丈夫患重感冒，吃了加倍剂量的感冒药，正昏睡沉沉。你照例趴在我的房门左边，也就是上楼梯拐角的位置。其实即使房门大开，你也是从不进客人的房门的——房间一定也是一个带给过你伤痛的地方，一个永远的阴影——写到这里，我又一阵心痛：你短短的一生，有如此多的阴影。人生而不平等。狗，也是。

但是为了专注，我还是关了门。

不知写了多久，我突然听到门外一阵喧嚷，其中有胖女人的声音，依然是说“弄死它”，又有你发出激烈的“汪汪”声。我以为又是你挡了她清扫的路。我不以为意，又写下去。

但是我隐隐感觉事态有些不对，因为人声不止一个，也有另外的男人、女人声，透露出粗鄙、恶意、宣泄的气息，仿佛在搞一场小型运动似的。而你的声音，很快就一点也听不到了。我冲过去，拉开房门。我想我是看见了最刺激我心魂的一幕：

三个人，一男两女（电工、胖女人以及另一个厨师），呈三角包抄之势，把你挤逼到了二楼楼道最顶端处，这样你就在一个死角里，完全没有路了。他们各自举了铁锨、笤帚和长树棍，边朝你下狠手击打，边骂骂咧咧着。从我隐隐感觉到我冲出门来，至少五分钟过去了。也就是说，你被活活殴打了这么久。你的体重不超过四斤吧，如何经得起三个体重加起来至少三百斤的人如此这般的围攻呢？况且他们每人都使出最大的力气,他们对你究竟有多大的仇恨呢？

而你,已经一点声音、一点反抗也没有了。你像一堆稀泥一样瘫在墙角,完全没有一条狗的形状与精神了。

我的血全涌到了脑袋上,手也在发抖。我知道情况不好了。

我说,不要打了,不要打了。

几个人一定是以为客人们全外出游玩,才选择这个时机对你下手。他们没有想到我还留在屋里。他们停了手,电工用他手里的长棍挑起了你的中腰,然后扛在肩上下楼去了。你像一块稀软的抹布,在他身后摆来荡去。

另一个女厨师悻悻地跟下楼。还在骂。

只有胖女人还留在二楼。她还要打扫卫生。

你已死了。

我质问她,为什么要杀死狗。她说:“这狗看见我就没命地叫,可凶呢,万一咬了客人怎么好。”我心里说,那是因为你们打它,虐待它。但是我没说出声。我说:“谁都知道,狗从来没咬过一次人。再说,它也是一条命哪。”

女服务员愣住了。“也是一条命”,她从未这样想过你。也许在这个地方,她长期接受的观念即是,狗不过是狗,狗比人低得多。流浪狗就更是微贱,一钱不值的货。

这说法对她是有触动的。可是显然已经来不及了。

我拒绝她对我房间的例行打扫。拒绝那把刚打死你,也许还沾着你血迹的笤帚来清理我的房间。我把门紧紧关上,泪流了下来,心里充满自责:你知道我在房间里,那么你一定到死都是期盼我去救你的。你以为这群人(包括我)的到来,让你获得了温暖,其实却只有冰冷的死亡提前降临。

丈夫早已经醒了。男人的难过,是用沉默来表达的。好久,他才说道,要是小罗是只猫,也许就有救。那个死角,猫跳下去或许还不能够死。狗是没法跳的。

我知道他的意思,猫有九命。而你,只有歹命一条。

我又给去县城买日用品的隔壁房间好友发短信,简短至极地告诉她,这里有人打死了你。

很久,我的朋友只回了两个字:天哪。她说话一向轻言细语,可我相信这两个字她一定在心里用了最大声。

过一阵,我又出房间来。楼下,那几个打狗的人还在议论这件事。他们的其他同事也参与了进来。我看到有人对电工耳语几句。那电工站起身,把烟扔到地上,径直走到这幢楼边那一大堆半人高,且草质坚硬的丛生杂草前。原来他已经把你的尸体弃置在里面了。有些草上一定已沾上你新鲜的血迹。这会儿他又用棍子把你翻出来。他照旧挑起你,往厨房的方向走。而你身体压过的那部分草丛里的草,很久都趴伏着,没有再挺立起来。

他们刚才耳语了什么事情,一目了然。杀了再吃。也许这一带风俗就是如此。各地民风真是大异,对狗也是。我曾听说北方乡村,每年正月期间,农家念及狗一年来看家护院的忠贞、辛劳,就会在正月里选一天给狗过节。他们会把好吃的摆到炕上,请狗来吃。狗在地上待惯了,自然是不敢上炕的。主人又会亲自把食物端到它面前,请它吃。淳朴如此。

小罗,可惜你终生在此地流浪。没有好命出生与生存在一个可以过"请吃节"的村庄。

到了中午,所有外出的人都回来。知道你被打死的消息无一不感到震惊。议论此事的声音,其中带出的不满、愤懑以及为你而生的哀叹,山庄人员在远处也听得清清楚楚。他们脸上的表情比我们还要困惑:打死的不过是一条狗啊,又不是一个人。而且不过是一条潜藏隐患的流浪狗,流浪狗不是一钱不值的吗?怎么值得这一群外地人这样声讨、义愤?

后来我们在那里还待了几日,但是所有人的心都离开了那个地方。我们早已消弭了与你的"鸿沟",却在如何对待你、对待人之外的狗类生命的问题上,与山庄人员认识完全相左,并诞生更深刻的,也许无可跨越的沟壑。

我想起早年听过的"狗找同伴"的故事。起初狗很想有个同伴,于是它分别去找了马、牛和羊。它和它们相处后,发现他们都非常懦弱胆小。最后它找到了人,它觉得人很大胆,因而很可依靠。于是它和人类最终结成了同伴。直到今天。

这说的是你吗？小罗。你也一直寻求与人类做伴，最后你心里以为自己差不多找到同盟了。你正感到温暖、安全，已经开始放松自己，却遭到致命的来自人类的最后一击。

你的缘分与冤孽，都来自人类。

我承认，在你死后的这段时间，每念及你死之凄惨，孤立无援，我便生起罪过之心，若我早些把察觉的种种于你不利的情形，向女服务员一一解说疏通，她也许最终下不去手——因为她并不坏：她尽职、勤快，对我们这些客人看上去甚至是热情与慈祥的。因为并没有人跟她说过，你也是一条生命，并且是一条因饱受凌辱、孤寂而越发应该得到呵护的生命，你避开电工，避开公路，你只守在某个你有好感的客人的门前，不发出一点声音。你没有妨害任何人。他们在生活中不断丧失的并不是因你而起。他们不断苦求而又一直苦求不得的(富裕、悠闲、有地位)，你也并没有掠夺一分一毫。没有人跟他们说过这些。又若我及时出门，施以援手，你也断不至此。我一直渴求做事专注，守诺重信。可是这一次，我相信正是这些使我一念之差留在了房间里，令你活生生被一锨一棍打死，未有善终。

我怎么都觉得，你最后几天的命运走向，与我们有关；你最后的结局，与我有关。我们带给你难得一见的明亮的同时，忘记了更深的黑暗正潜伏在那里等待吞噬你。

如果我们不是仅凭自己的意愿而不顾虑现实的环境,去爱你那么多——不,不对,如果你不是因缺爱许久,而爱我们那么多——你不会这么快死去,并且死得如此惨烈、令人不忍。据说爱是善行,是永恒的不需要翻译的语言,可是这种爱,由于第三方的加入,由于人性之复杂迥异,发生了毁灭性的化学反应,彻底断送了你。

我想起在山坡上,我们合拍过一张照片。阳光正好,丈夫的手恰好摸着你头顶那绺毛发。你的小罗圈儿腿有点费力地点着地面支起自己,好把脑袋仰得更高,好更充分、更完全地承受这温情。那一瞬间,你很像一棵努力往上长的小树苗。你一定忘记了遭遇的所有虐待、所有痛苦与黑暗。你求到了最简单的属于动物的欢乐。

我把这照片复制了两份,分放在两台电脑里。美好的记忆,纵使只是生之长河里的一瞬,依然是可安慰人心与狗心的。我们也都要好好保存。

多么希望你,小罗,在某个不知名的远方依然活得好好的。吃并不算多但供应总是固定且略略可口些的食物。在某个人的房间门口打盹兼带做守卫。在山上蹦跳飞跑,扑一只永远扑不到的蝴蝶。最重要的是,能够有个可以交付自己身心的朋友或主人。

人生维艰,狗生更是不易。希望你离苦得乐,重获解脱。

在抚河身边

河流最为我所看重的,是它“动”中之“静”,是它“不稳定”中之“稳定”。这一种气质因其显而易见的矛盾之处,殊为不易获得。一座山也会给我们稳定之感,可是山的稳定是通过扎根、通过把事物(如矿藏、如珍稀动植物)围裹于内而获得的。有着“深山不见人”的隐士之感。河流则毫不避世,坦荡得多。它也经过山中,也闯荡平原,可它也在城市——这人造的世界流淌。城市的声音在它周遭喧嚣,那可是很大一股力量啊!市声有时足以摧毁我们的宁静,使我们暴躁、易怒,易于失去平和,可这一切对河流不起作用。城市的声音撞到河流上仿佛就被反弹了回去,或者是被轻易吸进了河里。总之河流是一无所动,稳稳的,守护着自我的平衡,一直往前。

自住到抚河边上之后,关于河流,我有了很多属于自己的隐秘体验。我熟悉这条河水波起伏的频率、水量的丰沛与贫乏、河边树的品种,以及水鸟的种类、鱼的种类——有次我看到一条巨大的鲤鱼从水中弹跳而起,简直有怒发冲冠的气势,它至少有十多斤,那一刻我像看世界冠军比赛一样兴奋——因为就算常常在河边逡巡,这“鱼跃龙门”的景象也并不常见。这就像交往的一个好友,你们得互相厮混很长一阵,得磨合,甚至得有隐忍与妥协,最后,这朋友才向你敞开他美妙而稀罕的一面——我与抚河的交情,大致如此。日前乱翻书,读到二十世纪六十年代一个叫 J.A.贝克的英国乡下人曾用半辈子时间观察他居所周边的游隼。为了追索与游隼有关的一切,他购置望远镜,不惜拖着病体日日长途步行追踪游隼,最后他将这种观察化成了类似于“人是否能够成为一只游隼”的哲学思考。我虽不够资格将贝克引为知己,却着实佩服他。因我与抚河为邻,也差不多有十年时间,却仍不敢说我认清了这条河流。与多数人一样,我曾每天匆忙从河身边走过,并不多看它一眼——好在一条河几乎是永恒的。一条河并不需要在任何人(包括我)那里获得存在感。要到最后,是一场不小的疾病,才把我彻底地带到了河流旁边——这一点我倒与贝克相似。生病之后,需要多留在空气清新的地方,而河边无疑是最佳选择。故而抚河顺理成章地成了陪伴我最多、我观察与品味最多的河流。我该感谢一场病还是大自然,将一条居于我身边的河重新带到我的内心?要知道,人的内心有时是最遥远最隔膜的,如果它正好关上门的话。

离我住所最近的这段抚河,是从“将军渡”到“建设桥”,是抚河故道重要的一段。我走过不少陆路“故道”,那多半是在山里,它们由老石头、丛生蔓草以及泥土组成,弯弯曲曲的,还残存着不少野趣。而抚河故道,在平面上已经难觅踪迹了。也就是说,古诗中的所谓“野渡”已不存在了。而今的城市建设者在抚河两岸增设了美丽的白玉栏杆、平缓的步道,栽种上桂、槐、槭、石楠、枸骨、杨梅、针叶松等种种树木——恕我不一一列举那些树木的名字了,虽然那是我极愿意干的一件事情。总之现在的抚河,呈现出了一种规划与维护过后的、有秩序的、有人参与的美。不过我还是发现了“野趣”在抚河的遗留——比如在“将军渡”这个地名的保留上。在一切都电子化的城市,这名字就像一个古词牌,隐含一股关山飞渡、气吞万里如虎的豪情,有着说不出来的好。有时我晃荡到将军渡那段河边,见河边古朴的木牌上,写着各级“河长”们的名字——他们是这段河流最主要的负责者。我总要驻留、浏览一番。我喜欢“河长”这个头衔,这样指名道姓的标示,无疑是人对自然珍视、对河流珍视的结果。人爱自然,自然方爱人,以此进入最良好的循环——人是如此渐渐觉醒的。

在抚河边散步,我有时会坐在长凳上看会儿渔人于水上收网——人与自然接触最直接最本质的方式,就是看水,看水上的各种事物。水是自然的精华,自然的血液或体液。我们在水边濯足、浣洗、垂钓、渴饮……河流随你取用。那时心变得非常静,体会到了很久没有体会的一些怦然心动的东西。风一直在那样吹着,水波一直那样荡漾着,柳树一直那样低垂着。与不远处来往车辆、人们手机里不停更新的消息以及那些建而复拆、拆而复建的高楼相比,这一切都是一些恒久的东西,在变中不变的东西。特别是水的那种沉静,千古不变。凝视这一切,会觉得一切都不必着急,不必忧虑。因为眼前这一切,从来就没有着急,没有忧虑。

抚河边的树木,比别处要幸福得多。河水湿润、滋润一切,是生物们上好的美颜护肤品。河里的水族,也是幸福的。有些灰白色的小水鸭,那么幼小,像宠物一样。可它们并非宠物,它们独立、自谋生路。它们从此点消失于水面,又于彼点上浮出来。有时两个点要相隔几米远。它们一个猛子扎下去,是到河下找点“零食”吃去了。随后它们就轻快地,仿佛一艘小船般的安坐于水面的阳光中了。多么惬意、令人羡慕的“鸭生”呀!

喜欢沿河而行的人,除了我这样外表并不能被看出来的病人,还有流浪者。有一次,我拎着几个苹果从河边回家,河边石头上坐了个流浪汉。我给了他一个苹果。他竟然跳了起来。起先我以为他是不想要我的苹果,后来我才回过神来,他是太想要了。我略带鲁莽地给一个陌生人苹果,大约是因为,对于沿河流浪的人,我总觉得要对他们更好一点。他们能够沿着河流的方向浪迹,是凭依生物本能知晓河流是世上最灵动的自然,知晓一条河流能给予人最多;河流也能帮他们把可能会遭遇的侵犯暂且阻挡或阻挡得少一些;又或许,天下河流归一,他们在内心期望,河流终将归于家乡。

有一个词是关于河流的,叫“泥沙俱下”。它也可以用于形容人生。泥沙俱下的河流有兼容之美,却也透露一种不断在逝去的悲伤。有次我在建设桥下边走,看见有工人在河边冲洗完他的器具之后,竟然拿了手中的一把刷子在河沙上写起字来。随后我还没看清他写的是什么,他就迅速而顽劣地用桶里残存的水把字洗到河里去了。那一瞬我看呆了。我对自己说,你要想清楚,人生不过就是在河沙里写字呀,水一冲就消失不见了。那么在着眼于“写”的这一过程中,要对“被抹”的命运了然,同时又要对此命运报以淡然甚至轻视的态度,这样,活之力量才可一直存在,绵绵不断。

正是在存在了上千年的抚河边,在不断倾听可以与永恒拔河的河水的话语之后,我悟到这一点。J.A.贝克最终没有成为一只游隼,我在无数次亲近河流之后,也并没有成为一条永恒河流的可能。然而这还是值得的。我向一条河流学习到的已经足够多。流水不腐,河流的永恒在于它的不歇流动,河流的美又在于它深层的安静。不歇与安静,这两种品质奇妙地、和谐地显现于河流。人的生命亦当如是。

择地长眠

清早收拾花盆时,竟看见在朱顶红宽肥的叶片下,紧贴圆球状的花根处,有只蜻蜓的尸体。它倒栽葱似的一头扎在花根部,身体中部折断了,整个腰部弯拱着朝向天空,像一架操作不慎的飞机,在我家花盆失事。

看着那瘦弱、细长,看上去有些营养不良的小身体,十分不忍,却不知如何处理。于是问丈夫:"要埋起它吗?"从前我们好几次捡到过被伤害致死的麻雀尸体,每次都埋在了土里或树洞下。

丈夫如公安般细察现场,良久方沉吟:"不要动它吧。这应是它自己的选择。它愿意在这里安眠。"

我再看看,果然不错。这株朱顶红,叶子十分宽大茂密,它们全方位地垂下来,把自身整个的根部紧紧地护住。对于这只小蜻蜓来说,这里无异于一座原始森林般幽密与不可知。以一个生命临死前身体的衰弱与心神的涣散,如果不是它一心一意要闯入,是不太可能进得来的。

我曾见过不少临死前的蚂蚱，总是紧紧地抱住一棵小树杈或是一枝坚挺的草茎等待死亡，它们绝不落到地面。因为什么呢？我至今也想不明白。我知道的是，很多动物，都有如此预知自己死亡的本领。当预感一天天强烈，它们会自己择一处地方，于此长眠。有一阵子微信上的人们流行说“择一城终老，与一人白首”，大约是其中有着一种“地不老天不荒”的动人情调。只是但凡有生活经历的人都懂得，只与一人白首有时由不得自己说了算。天时是否好、地利是否有、对方是否中途变卦……诸种原因制约，使这一切都成为未知。而择一地终老长眠，却是可以做好预备的。《动物世界》里有很多这样令我迷恋的故事。有一期是说大象。原来每一头大象都能感知自己的死期。躯体无比笨拙，却有一颗灵敏感应的心——大智若愚说的就是大象这样的生命。当自然衰老的大象感知死神的召唤时，它便会自己选一个僻静、荒远的地方，在那里静静俯卧。而它的小伙伴们也陪伴它。当那命定的一天来临，它接受召唤，离开世界。我看见它的象友们，开始刨挖那块地方，以泥土覆盖起死象的身体——与人类掩埋自己亲人没有两样。场面无声，然而大象们那迟缓的身姿，却让我联想到基督教里的圣诗歌，也是如此缓慢、悠长，如此感人。

还有一种鸟，记不得它的名字了，也是这般自我选择生命最后的栖居之所。它们总是轻悄地选一个地方死去，并不惊动任何其他生命。我每想及鸟的一生，总觉得鸟是世上最辛苦的族类，它总在飞，太辛苦，太累。那么能这样在飞不动了时，在自己喜爱的某处长久地静止不动,就是一种幸福。

生命就是如此,从来都无法择地而生。无论是投胎做只辛苦的鸟,还是做同样辛苦的人,无论是生在富贵之家还是贫瘠之地,都由不得自己做半分主。而这最初的出发之地,却在很大程度上影响一生的幸福与幸运。我看过很多的法制节目,大多违法犯罪之人,皆有一个不幸的出生与成长——这成了人生诸多不幸的开头。因此,在生命轨迹的终了,若能选一处自己心安心喜的场地,择此长眠,离苦得乐,也算堪以告慰。

年轻的时候,想到更多的自然是"行"的事。很长一段时间我向往的是波希米亚人那样的生活:一路花花绿绿、丁零当啷的大篷车;穿大花长裙子的女人,笑吟吟让路人伸出一只手,糊弄他将有几个爱人,今晚的饭费就算到手;到了夜里,看看这个地方不错,就留下,第二天一早,又起身去下一个地方。嗯,就是这样,一再地期待着被生活的洪流紧紧裹挟,去体验,去度过。

等到成熟,一心一意筹措的,便是"居"。洁净的大房子,阳光从落地窗里透进来。厨房里有取之不尽的食物;在工作间,随手就可以拿起某本自己喜读的书。而电脑在木桌子上,等待启动,等待把思想灌注进它的心脏某处……纷纷扰扰的中年,期待的不过就是这样一个心静、心安之所。

及至年岁渐长,身体这台机器的运转已大不如前,人就会忍不住要想"眠"这回事了:如何眠,眠于何处?谁也躲避不了——这也没有什么不好。哭笑过、爱过、体验过……生命渐渐累了，渐渐跑不动走不了，唯有安眠。日本某地有“厌老”风俗，老人活到干不动活的年纪，为免子女厌弃，就带一些干粮，去深山中寻一处地方，静静等死。当然这样的风俗并不能算是“择地而眠”的例证，因为何其残忍！因为凡俗的人，辛苦一生，离去前唯有家人、亲人陪伴身边，紧握了自己的手，方可免去一些奔赴黄泉时最后的凄凉与恐惧。

前一阵把《弘一法师年谱》又拿出来读了一遍。这一次，我读得最细致的部分是每条年谱后编纂者所附注的法师书信。在一些信函里，法师因预感死期而屡次提到如何善后。有一信中他嘱咐身边的人说，“气断逾六时后，即以所卧被褥缠裹，送投江心，结水族缘”。而在另一篇给近身弟子妙莲的遗嘱中说，去世后请“即以随身所著之衣，外裹破夹被，卷好，送往楼后之山凹中。历三日有虎食则善，否则三日后，即就地焚化”。弘一法师清癯瘦骨，于世一无所求，举手投足都是万事淡然的仙风。他已超越常人境界，无须考虑择地而眠。他视身体为灵魂此生的暂时居所，“一张臭皮囊”而已。一旦离去，便无所挂碍。他所慎重选择、拜托的身后事，结水族缘、与虎食，无非是以如此的方式，与万物族类结一个善缘。

“问余何适，廓尔忘言；华枝春满，天心月圆。”这是弘一最终留下的偈语。我尊崇弘一，尊他为未谋面之人生导师，想来也是敬仰人生可以达至如此境界。虽不能至，心向往之。

十字街，与钉婆婆

起初我搬到建设路住时，一想到离十字街很近，心里就有点轻微的非现实感。因为十字街在我小时候，算是南昌有名的地标。八一广场、十字街、船山路、万寿宫……这些地名对于当时交通不便、活动半径向来很小的我们来说，去一趟几乎就有如去个很远的景点一样。“去十字街买撒。”我妈他们要买个方圆几里买不着的、稀罕的家用物件时总是这么说，好像十字街就是“应有尽有”的代名词。或者是，只要听到有人说一句“哎呀，今天去了一趟十字街”，那么他去干了啥，买了啥，都不用多问，因为去一趟十字街这本身就很奢侈。“十字街”这三个字就有足够的含金量。久之，在少年的我心里，十字街堆积出了个金陵秦淮河繁华场那段的印象。

后来交通便利，时间也有了，我却还是没来几次十字街。好像十字街会一直在那里等我，所以我根本不必着急，好像我死了它也不会死，并且它会一直活着——对很多人和事，很多年我其实都是这样一种态度。所以那么多年，我在南昌转悠的时间还是很少，南昌好多地方都只停留在我的口头上和念想里。有外地同学来,我连八大山人纪念馆都带错了路。(后来我想清楚了,这样一种“来日方长”的心理,其实是一种少年式的一厢情愿,说到底,其实还是对世间的“常”与“无常”判断不够。就是,我期望“常”,现实其实是“无常”;我以为拥有着“常”,其实“无常”就在下一个路口等红灯的刹那向我招手。此是后话,暂且不表。)

所以我就是个一直宅在房子里的人。我几乎不去很远的地方,这样的好处就是我对住所周边的风物人情消耗不少时间,就算不能摸得清清楚楚,我还是愿意就这么时常去看着,看着心里就觉得亲。我住到哪里,就对哪里产生“喜欢得不行”的那样一种感情。来建设路以前,我在南昌一条叫作“子固路”的老街住了七年,我每天了解一点子固路的细节,到最后,那些细节化成我的财宝、我的血肉,它们以生活的名义喂养我,使我活得尽量不那么偏颇,不那么抑郁,不那么急功近利。所以我搬走的时候就像伤筋动骨一样难受、不舍。现在我搬来十字街近旁——实际上我们建设路也可以算是十字街,因为十字街靠北是著名的绳金塔,而它朝南的最顶端,就是我们建设路。建设路算是十字街的延伸部分。连我家门口小诊所挂的招牌也是“十字街社区诊所”。所以,我成了广义上的十字街居民。“是小时候就向往的地方啊。”我这样想,喜滋滋的。

十字街这个地方,怎么说呢,其实就是硕果仅存的老城区缩影。低矮的挨挤得密密匝匝的棚户,每一家的门都朝着街道敞着。

木质结构的房屋有着“随手扔根火柴都可能引燃”的隐患。电线线路凌乱,细细观察可以发现是不同时期接上去的。电表盒子也不像现在的新型小区那样,整整齐齐一大排挂在墙上,而是上一个、下一个,哪儿有空当就在哪儿挂一个。弄得墙上像挂了很多炸药盒。乱归乱,生活却是便利得很,因为卖什么的都有。不用出街,一日三餐吃穿用度全可以在这街上搞定。卖米粉和面的小门脸,毫不起眼,门口却总是围一圈年轻人,一边拿着手机低头刷刷刷,一边等空位。原来那是一家网红店;不长的一条街,光“房屋中介”就有五六家,你就知道这儿的房屋无论租还是售卖都是很俏的;就算你是某种“少数派人士”,比如信佛的,也不用跑到苏圃路上的老佑民寺去。十字街正中央位置就是“观音阁”,它是南昌唯一的女尼道场。每到佛教的几个重要日子,十字街就陡然多了许多人。他们来上香、祭拜,脸上满是兴冲冲和虔诚。有一年元旦,我特意起早去了一回,不大的天井里摆满了信众供奉的平安灯,整整齐齐的像阅兵方阵。那些灯都是红色的底座,黄黄的灯光,像一小片布满星星的天空,很是梦幻。当然另外有些日子我也来过这里,一次是为生病的弟弟,一次是为父亲,还有一次是为自己。在蒲团上面朝观音大像拜下去,再起来转一圈,或是往功德箱里做个小小的布施。两边有笑口常开的布袋和尚,没有人不爱他;还有韦驮护法。护法是一向怒目圆睁着,可是我知道他也是慈悲的神。

正对“观音阁”的马路对面,还有一家市立精神病院。有时候我觉得生活真是无处不偶然,却又无处不充满隐喻。寺庙安抚人的灵魂,精神病院则修治人的精神——尽管能否治好存疑。而这两处竟然恰好面对面！所不同的是,观音阁由人任意进出,精神病院则总是门庭紧锁,这使它成了十字街上的一个例外。我每次经过,总是深吸一口气,仿佛它跟我有某种难以言喻的关系。

差不多到了 2014 年,有一天我买菜路过十字街,突然发现街口安上了竹篾子做成的那种围挡。围挡上张贴着“观念一变天地宽　征迁片区开新篇”“拆迁政策是根本　真诚服务是保障”诸如此类的标语。我绕到围挡后面,突然发现这条街已经面目全非。因为大部分房屋已搬空,整条街初现出一种废墟的规模,远看有点像好莱坞战争电影里搭出来的那种又大气又荒凉的布景。我有点惊住了，赶紧往里走。只见有的房屋墙体上用蓝色颜料写了数字编号,代表即将拆除;有些则是大红色颜料写的“征”字,里面的人家还在生活。晾晒了形形色色的衣服,小车、电动车还停在门口,还有老人家在门口休闲……但是一切就是都不一样了。哎呀,要拆迁了吗？我还没来得及把十字街熟悉个遍呢。我这样慌乱地想着,在十字街连走了两个来回。电动车经过身边时带起很多尘土,我也不想躲避。我看见还有“房屋中介”开着门,还在营业,可是都要拆了,它“中介”啥呢？我想不明白。我又看见那家网红面汤店,居然还有客人在吃。女店主在炉前烹饪,男老主人(可能是她父亲或公爹)在那里就着一堆煤灰慢慢做蜂窝煤。烧煤虽然脏,可是比烧煤气省钱得多。我并不饿,还是急急地进去,点了一大碗米粉吃。我想,再不吃,就吃不上了。

抱着和吃米粉一样的心情,也就是“再不逛逛,就逛不上了”的心情,我去十字街的次数反而多了起来。去一次,搬空的房屋就多几间几户。我就到那些搬空的房子里面转,门都完全敞着,有的干脆根本没有门了。墙上各色字各色小广告。人走了,“拆”字还在,还打很大一个圈,有点触目惊心。里面旧沙发、旧桌子、短腿的小板凳、油盐瓶子……有种像主人临时逃难,不久可能还要回来的凌乱。但实际上主人是不会回来了。只有一次我跟一条不知哪里窜出来的小狗劈面相遇,彼此都愣了一下。是主人故意扔弃在这里还是它自己执意不肯走的呢?

到了那年深秋,天已经很凉,是要戴围巾的季节了。十字街只剩下几户人执意不走。那么大一片土地上,那几家就很显眼,而且怎么看都有点凄惶。被什么看不见的东西在身后催着似的活,其实是很累的吧?我去那里逛时这样想。那几户居民眼神警惕,有的远远看见,会从他那边绕过一些土堆或是废品堆,赶过来打量一下我。见我戴眼镜,会议论说:“是不是记者?”但看我的样子又不像。我什么设备也没有。

这样我就认识了钉婆婆。她是那不肯搬走的几家中,屋子最为“豪华”的。那是一所木质的两层老宅,本就发出年深日久的气息,现在在这片正在经历拆迁的土地上,它还是那样完整、一点不松懈地存在着,就显得相当孤僻,以及不合时宜。那是下午,钉婆婆的门是敞着的,我刚从一家搬空的人家转悠完,顺势就半只脚踏进她一尺来高的木门槛。脚还没放稳,就见一个矮小的老太太从廊道里急急出来，冲着我一声喝：“做吗呢做吗呢！”她个子只有一米四多，但因为全身都是骨骼，丝毫没有肉，就显得很“硬”，颇有太湖石的种种特征：瘦、漏、皱、透。我被震慑了，这才反应过来是自己逛了太多“无主”屋，现在误进了一家“有主”的。我忙忙地说，我小时候住过这样的房子，很多年没住过了，所以想看看。老太太才略微放松了警惕。但是明显也很不欢迎我这样的人。我赶紧退出来。一枚传说中的“钉子”。我在心里说。所以我在心里把她叫作“钉婆婆”。

后来我去了几次，发现随着拆迁的日益完成，钉婆婆的门扉再也不打开了。但是我还是感受得到有人在里面生活的气息。有电视和自来水的声音。这时候已经有建筑工人入内施工了。这些工人在了解我只是一个闲逛者之后，总是乐意向我介绍各种事情。有一天有个建筑工告诉我，钉婆婆的丈夫从前是开米店的，赚了钱建了这栋屋。钉婆婆是妾，目前大房老婆的儿子和她一起守在这幢屋里。大房儿子还没有娶妻。我想到从前，二十世纪七十年代，那时我还小，在南昌的干家前巷、三眼井一带住着，准确地说我住的地方是叫“南海行宫”——我现在想起这个名字就要发笑，有种置身《西游记》或是可能遇上观音娘娘的感觉。但是那个地方就是叫这个名字。现在也还在。那里一栋一栋全是钉婆婆这样的老屋，每栋老屋里，都有一个这样的钉婆婆。不过，到了二十世纪九十年代，那里就和现在的十字街一样，全拆了。我家分到一套与邻居挨得无比近，以至一根晾衣竿就可伸进别家的三居室。居室租出去没多久，客人就因为两度遭遇小偷而退租了。房子就一直空着。后来家里一度缺钱,父母就把它低价转卖了。

但是九十年代我正忙于工作与寻找爱情，完全没有关心家里这套房子。后来我逐渐感到我的记忆旷野出现了一个很大的缺口或者说是缺陷,我是在那个叫“南海行宫”的旧城区长大的孩子啊,怎么可以忽略它所有的变迁呢。这也许就是我移情十字街、关心钉婆婆的原因。

从拆迁到真正开始重新建设,这中间有一段空当。几乎没有人从十字街穿过了,也没有任何小生意进行。大批建材还在前来的路上,决策者们大约也还在开数个大小会议研究与协调。十字街因而显出了一副无人问津的神态,像个一无所有又无所事事的人。我感觉这里的时间空间都真正属于我了。每到周末下午我就来这片废墟盘桓。几乎每栋屋都空了,可以任意进出;也没有马路或非马路的区别,你随便走就好。到处都是废土、废水泥板、废木料、废砖石……荒废的一切。我有时待久了,就想一定有个类似于土地公公那样的、荒废的老灵魂在其中逡巡。可是天地无言,无法求证。只有植物不管这些,还是在活着,甚至生长得更好。樟树还是葱绿,苎麻长得比我还高,鸟似乎更多了,飞来飞去无所顾忌。

城中心居然有这么大块空地,除了捡破烂的,几乎看不到人。我在其中巡游,暗生欣喜。唯一的缺点就是灰太大。我开始还用手捂着口鼻,后来就放弃了,因为要捂的话全程都要捂,就腾不出手来拍个照或者摸摸墙摸摸树了,也没法跟捡破烂儿的好好聊天了。

捡破烂儿是非常好看的。破铜烂铁不说了，木头、大大小小的纸箱、塑料薄膜、旧家具，还有电脑主机……在拾破烂儿的人眼里，就没有没有用的、换不来钱的东西。它们形状、大小、用途各异，可是经过拾破烂儿的拾掇摆弄，就服服帖帖地聚拢在了三轮车或加长改装了的电动车上。就像性格完全不同的人组成一个旅行团，经过导游的引导，彼此相处得很好。在十字街这样拆迁的地方捡破烂儿，如果你有两把力气收获就更大了。很多旧钢筋都要用力去拉扯，打架一样，最后总是捡破烂儿的打赢，钢筋就乖乖地躺进三轮车里。所以在十字街巡来巡去的拾废品的，必定是男人。而且很奇怪，多是上了点年纪的。有一次我看见一个大哥在那里拉废弃的钢筋，“搏斗”了很久，总有一刻钟，才有一根钢筋到手。那时是黄昏，他瘦削而紧致的身影仿佛陷落在建材垃圾里，后面是灰扑扑的夕阳，没有耀眼、喜悦的光泽，只有一丝悲凉往外渗着，悲凉中又生出一些力量来。

我看多了，也产生了捡的念头。我觉得这活真是不错，让世界多一点有用的物品，少一些可以避免的垃圾。当然那位大哥以可以卖钱为准则，我则是专意于捡“好看”的。我捡到了一个广口青花花缸，一看就有年头了，只有中腰位置有一道很长的但不细看并不会发现的裂痕，这大概也是它的主人丢弃它的原因。但其实它一时半会儿也并不会裂开。而且它那么大那么美。我弄回家，发现和我家放米的白瓷缸可以配成一对情侣缸。那只白瓷缸是我外婆留下的。捡来的这只我用它放字画卷轴，非常文雅。我又捡了一只大约是用于腌盐菜的小口广肚泥坛，我设想插一大把干芦苇在里面会很摇曳多姿；另外我又和丈夫抬了一截樟树树干回去，它看上去是一棵樟树最中间的一段，是樟树最好的一段年华。最后我在看上去是一家人家厨房的位置还发现了一只巨大的深褐色水缸，应该是有年头了，把头伸到缸上面，感到凉飕飕的阴寒，好像时间躲在里面很久，没有出来。我想象它种满睡莲，或者单纯做摆设放着的样子，十分想要搬回家里。但是太沉重了，没有一辆小车愿意运它。家中似乎也没有放这么大口缸的空间。

这中间我突然生了场不小的病，住院、手术、复查，以及修复心情，耗费了大量时间。十字街我很久都忘记去了，净顾着与疾病周旋，终究没被打垮，但也改变很多。改变之一是看见有人写生病的文字，我总是跳过不看。人们深重经历过的黑暗事物，例如恶疾，例如丧失之痛，当"克服"过它之后，就有"一览众山小"的某种隐秘体验。就这样快有两年我没有想起十字街。哪怕偶然从十字街口经过，我也没有特意拐进去看看的意思，是和经过其他任何一条街道一样平凡的心情——我不得不承认，我惦记自己的病，远甚于惦记一条街的命运。

到了今年，不知怎的我又惦念起钉婆婆了。仿佛"她还在不在那里"这个问题对于我重又变得重要了。经过十字街口的时候，最初拆迁时用的看上去很廉价的围挡，已经更换成非常好看的绿色围挡。周围高楼迅速地林立起来，从前那条低矮的十字街快要被完全覆盖掉了。

夏天的时候，十字街与我家相反的北边那头,“王府井购物中心”落成。很快它就成了南昌新景。听说开张那几天车都停不下了。人们动辄说“王府井”而省略掉“购物中心”几字,仿佛置身北京似的。“王府井”落成,我唯一高兴的就是里面六楼有个影院。这是离我家最近的一家。此前我看电影得跑到象湖附近的一家影院去,因为人少僻静,那个小影厅常年弥漫着淡淡的霉味。电影还没散场,清洁工就手持扫帚站在一边等。我每回去都得思虑半天。现在十字街“王府井”开张,我与丈夫立即去里面看了一场姚晨主演的电影《送我上青云》。姚晨在电影里的生活非常戏剧化,一下子得了恶性肿瘤，一下子又去一个云雾缭绕有如秘境的地方给企业家父亲写传记——为了赚三十万治病的钱。电影最后是姚晨站在墙垛口,当风的位置,对着青天“哈哈哈”了三声,意谓把生活的晦气一“哈”了之。我说不上来这个电影好还是不好,但是以后能够只用二十来分钟的时间去“王府井”,看上大银幕,对于我而言就是高兴的。

看完这个电影我更想念钉婆婆了。因为她家实际上就在“王府井”的后面。看姚晨的那个影厅如果有窗口,说不定就是对着钉婆婆家,没准儿我还能看见她在天井里走动,像块移动的太湖石。我因此在家里念叨了几次，丈夫则说通往钉婆婆家的那条路已经完全封锁了,进不去了。我不相信。我也说不上来我想从十字街从钉婆婆那里得到些什么，但是有时候一些看似与自己完全不相干的人事,其实对我们意义重大。有一天下午天突然变得很凉快,一点也不燠热了，我就决定趁此好天去十字街会会钉婆婆。果不其然，街口围挡后面一个守卫模样的人喊住了我，说那边路不通的，他大概以为我是要去“王府井”——看来我丈夫说得也没错。我说我就随便逛逛。他也没拦我。等我走了一段，我发现我已经快要不认识十字街这条路了。几乎所有的老房子都消失了，拆迁的建筑垃圾比以前更多，但是同时又拉进来了许多新的建材，待用的混凝土预制板弯翘翘地堆得到处都是。路两旁已经新起了许多崭崭新的小区房。推土机和钢吊车有好几台在不同地点施工。有小哥开着“京东快递”的送货车从身边穿过，往施工人员的临时住宅那里去。真是有人的地方就有快递。路边三三两两的大废墟小废墟上，还是有流浪狗翘着它的尾巴路过，还有老鼠、鸟这些活物。废墟上还多了一种两年前这里还不曾存在的新事物——共享单车，准确地说是共享单车的某部分。这些黄车有的坐垫被拧掉，无头骑士一般倒在那里；有的两只轮胎被不知什么力量拧成了两股麻花；还有的只剩一个黄色的车杠子。单车的“尸体”全都裹满了尘土，像长途跋涉之后牺牲在了这里，且无人掩埋。有一只车胎插了一部分在地里，牵牛花遍布它全身，绿色的藤蔓，紫色的花朵。在一片荒芜之中，那坚硬的轮胎遍布柔软的绿植，像出自美院学生之手的作品一样有几分动人。我对着它拿手机拍了又拍。

我略带惊讶地一眼就看见了钉婆婆的家。在那么大一片工地当中，所有人生活其中的、旧的、能拆的部分，都已经被彻底拆除了——是在为起来一个新的，更加坚固与豪华的，也是供人生活其中的世界而准备。就在这么一个背景下,钉婆婆那幢她经营米业的丈夫留下的、古旧的两层老宅,还完整地留在那里,还是那么孤僻、不合时宜地门扉紧锁——当然会被我一眼看见。周围几十层的新楼,衬托得它更为低矮,不堪一击似的。但又似乎更为倔强。我发现它的唯一变化是比两年前多加了一道铁栅门。透过铁栅往里看,漆黑的廊道尽头有只干净的木凳子摆放着。除此什么也没有。我不死心,又绕到屋后去,没有看见什么。又退后几步往二楼阁楼看,还是不能判断钉婆婆是否在里面。但是我有了新的发现,我看见从她二楼阁楼的背后长起了一棵笔直的构树,非常高,有一层楼那么高。这是两年前没有的。这使钉婆婆家显得像是三层楼了。构树生命力很强,水泥缝、石崖边随处都可以存活下去我是知道的。我家旁边就有一排,每片叶子都有一个各不相同的缺口,成为辨别它们的最好特征。

一个头戴安全帽,长得像二人转演员宋小宝的建筑工过来,问我干吗。我说我两年前来过,当时还有个老婆婆住在里面。他立即以一种掌握了第一手情报的得意神情告诉我,老婆婆还在里面,生活得好好的,有个儿子陪着她。我“啊”了一声,却什么其他的话也说不出,这是十分复杂的一声“啊”。

于是和他东拉西扯关于十字街的种种。他用手冲着钉婆婆家画了一圈,说:“你没看出来,这里建材这么多,这里到时候就是地铁口嘛,明年大概地铁就通了。”

原来钉婆婆家这个位置是在地铁口。“那……那她家怎么办?”

我没问出口。但是“宋小宝”猜到了我的意思,他说:“还没到时候嘛,到时候就有办法了。”

…………

我与这位“宋小宝”的聊天最后陷入了这样一个境地:对这个看似与己无关的钉婆婆以及她像一枚钉子守住木板一样的行为,我们随意地谈论着,使用着一种因为省略一些主语、宾语,省略一些动词而意思有些隐晦的语言,彼此却又都明白。

我拿出手机拍钉婆婆屋顶那棵笔直得像把尺子、直刺青天的构树。“宋小宝”觉得无趣,说:“这有什么拍的呢?”他连问了两遍,见我只是有点尴尬地笑,也没回答,他就回他的临时工棚去了。我是没法回答他我为什么要拍。我不能跟他说我觉得这看上去有点特别——本来是很凡庸的一棵树,因为长在这样一个荒凉与闹热兼有的拆迁地,因为它的某种唯一性——几乎所有的绿树都被销毁或是挪走了,它显得非常不一般起来。

树长到了钉婆婆家的房顶正中央,住在里面的钉婆婆和她非嫡亲的儿子也不嫌其碍事去剪截掉它,而是选择与树共生共存。这里的用意大可回味。我想我是理解钉婆婆的。时代在往前冲,像“王府井购物中心”那样的新的东西不断生出来,叫人心蠢动,叫人目不暇接。但是那些在骨子里并不是我们的。我们路过,看一会儿,终究还是要离开。我们只能抱着残存的、与自己一起长起来又一起老下去的东西活。像屎壳郎抱着粪蛋子。像平凡的树盘踞了未拆的屋顶。像钉婆婆,世界已经收缩成了她先夫遗给她的屋子那么大的地方。

我们每个人都是钉婆婆,或者都在成为钉婆婆的路上。

我还是时常去十字街这片废墟走动。这么一大片无人的土地供我随意溜达,不会人挤人,也不用花一分一毫。这让我充满欣悦。如果说城市也有荒野,这就是。谁不喜欢荒野呢?哪怕只是一刻。可是我知道好日子不多了。就像那个矮个子“宋小宝”说的,最迟明年地铁就要从这里通过了。会有站台,写着“三号线”“四号线”,会有各种箭头,使人不致迷路。漂亮,豪华,人来人往,可是那是跟我没关系的。

我从废墟回到家,坐在我的一堆书当中。这等于是从一个废墟到了另一个废墟中,因为书也是废墟,一个时间的废墟,一个由纸张、各样思想以及各样文字建材组成的废墟。我虽然也生病,但是不会也不可能像姚晨那样,站在城墙垛口对风大“哈”三声,生存的晦暗与阴霾就一散而尽。我感到我和捡破烂儿的大哥,和钉婆婆,更为相似。甚至可以说,我们其实是一样的,我们守着各自的续命之物,在废墟中,或是被废墟包围。可是我们也还活得津津有味,甘之如饴,还有各自所看中的和所不屑的。我们抹掉脸上一把灰,四顾茫茫。可是低下头来,也有心静如水的片刻。在那片刻中,我们小憩自己奔波不已的灵魂。

我世上最好的朋友

我和小雪成为朋友,大约有四年了。四年倏忽而过,可是我们之间发生的很多事情,却在心里留存了下来。

成为朋友之前,小雪也是在院子里出没的。我下班回家,站在单元门口边掏钥匙边随便四望一下, 偶尔就会看见一只白猫不远不近地窜过来或者窜过去。她急急慌慌的,像逃跑也像追逐,每次都看不清她究竟长什么样子。当然,人总是很难跟一只流浪猫完全照面。我知道这一点,所以每次就当一阵风过。丈夫夜里常常在院子里快走锻炼。隔三岔五地,回家他也要说一句:"这个院子里有只漂亮的小猫呢。"这样说了一两年,听归听,我也知道他说的是谁,但一次也没往心里去。那时候也许我想的是另外一些事情。我想着我的写作、旅行、工作,还有家里怎么弄得越来越干净越来越有品位这些事情。"人的事情都搞不完,还管另外族群的事?"虽然没有说出来,我内心多少是有这样的意思。

有一天傍晚回家,刚进小区院子,小猫突然追上了我,她一会儿贴我的裤腿,一会儿紧跑几步赶在我前头,像在戏院里给我领路带位置一样,有点热情过头。我有点讶异,因为之前她是见人就躲的,这会儿却像自来熟。同时我又被这个小动物的举动给逗乐了,心里很柔软。我回家告诉丈夫:“小猫今天很奇怪。”我又说,今天才看清她不是纯白的,其实是只三花。她脊背和爪子分布了一些黑与黄,但是跑起来,远远看去就像是雪白的。丈夫说:“就是我晚上散步看到的那一只嘛。她怀小猫了,在到处找生的地方,所以来碰瓷你。”我恍然大悟,赶紧在家里开了个罐头,下楼去送一点见面礼给她。她还蹲在单元门口,见了我,她把前面两个手掌尽力往前撑地,身子略略往后上方拉到最长——目测快有两尺, 并且翘起了她的臀。她停了一秒,用明亮的眼睛看着我。这一个行礼非常的从容、温柔,与小猫没有缘分的人是欣赏不到的。然后她双手揣起,继续表示友好。我凝神看她的模样,发现她神似宫崎骏动画片《猫的报恩》里的小雪。那个片子多年前我就看过,记住的却只有几个可怜的细节,其中之一就是里头小雪楚楚可怜的样子。小雪是猫国国王的侍女,王子后来爱上了她,想必也跟她那样惹人怜爱的神情有关。宫崎骏一定是有过、观察过,并且喜欢过我眼前这样一只猫,才刻画得出小雪那样的表情。于是我回家说,楼下的小猫就叫“小雪”吧。丈夫说好呀好名字。于是并没有征得小猫自己的同意,就这样定了下来。

名字一取好,好像关于小雪的事情就多了起来。我们的生活里突然很莫名其妙,又很顺理成章地,每天都有了“小雪”。“给小雪喂吃的去。""小雪在车底下,暖和。""小雪昨晚可能逮了个鸟,门口一地鸟羽毛。"等等。而且奇妙的是,只要我们轻唤一声"小雪",她准定抬起头,以她的方式回应。看来她自己也认可这个有形有色有来历的名字。

不解之缘就结下了。由此我得出的一个结论是,若是你在路上或是家宅附近频频看见一只流浪小猫,即使那是一只美貌、伶俐的猫,你也不要即兴地,或者于深思熟虑之后,给她取下某个名字——"命名"是一件需要非常慎重、需要承担后果的事情。这后果就是"你喊得出我的名字,那么我们是朋友了,我要是过得不好,你看着办"。相反的,如果没有给小猫取名字,那么看见了也就是看见了,走过去之后,她只是千千万万只小猫里的一只,跟其他的猫没有什么分别,你们之间也不会发生很多的后续故事。

总之,互相打招呼,互相行见面礼,也互相命名——我之所以说命名这个事也是"互相",是我隐约觉得小雪应该在心里也给我们取了名字,不然她怎么把我们和那些老老少少、穿梭而过的邻居区分开来呢。这就是我们和小雪成为朋友的三部曲。小雪就这样很容易地掺和到我们的生活里来。

世间诸事莫不偶然发生,却又以必然收场。认识小雪没多久,深秋的时候我发现自己生了恶疾,必须立即做手术,不能耽搁。那时候我请了公休假正打算与丈夫去呼伦贝尔玩,于是我头天晚上在手机上极不情愿地退了两人的机票,第二天又极不情愿地躺进了病房。我也没有什么太多抱怨,命运待人一直都是如此,轮盘赌一样,它手指滑过又停下处,并没有要偏爱抑或冷遇的目标。命运这个赌徒是随机作案的。于是我的一切都耽搁了下来,并不仅仅是呼伦贝尔就此成为梦想。

我的行动轨迹更多地落在了医院和家里。常常只能在院子里逡巡,美其名曰“锻炼”,其实是哪里也去不了。这是小雪的天地,我与她因此有了更多交往的时间和机会。我每天给她的碗里放吃的,她也对我优雅地日行一礼。有一天小雪的右腿几乎一整块皮肤被撕了下来,血还在流,肉都裸露在外面。为了争食物争地界,野生动物总是要这样拔刀相见的。我可以想见小雪经历了一场怎样的惨烈争斗。她就那样瘸着腿找我要吃的。似乎负这么重的伤也不以为意。不过话又说回来,她即使疼痛难忍,即使打不赢他人,她很在意又能如何呢?她的第一要义与人是一样的:总得活下去。我于是上楼去拿了药品,趁她埋头吃东西往她后腿涂碘伏,边消毒我边在心里叹一句:“勇士啊。”待我要给她缠纱布,这个小小的女战士却一溜烟跑开了。

除了与同类作战,小雪还得遭遇来自人类的威胁。有天晚上,我在窗户边随便低头往楼下露天车库看,就看到一个黑影弓着背,朝停放的两辆小汽车底下不住探头看,他手里拿个类似碗的东西,也不住往车底下送,想必里面装了吃的。他是要喂小雪吗?我有点奇怪。因为那车库是小雪和一只大黄猫——她那段时间的男朋友最爱待的地方,为此我还拍过他俩各蹲踞一辆车前盖的照片,发到朋友圈,配文是“一人一台豪车”。朋友看过都哈哈笑。此刻从四楼看去那影子有点像我丈夫的身影,但是又太黑,也不能确定,我就喊他。可那影子没反应,我就知道是别人。可那人是谁呢,为什么在这么漆黑的地方拿了食物诱引小猫?我知道肯定没什么好事,就故意又大声朝那个方向喊丈夫名字,那人可能受到我惊吓,突然立起身就跑,他踏着拖鞋居然快速地翻过了夜晚紧锁的车库铁栅门,那门至少有两米高。我怎么想也想不出,他捉拿一只也不名贵也不妨碍谁的小流浪猫是要做什么用。也是巧,转天我就看到一则新闻,说是江浙沪地区有人专门捉流浪猫,一整车一整车地运去广东,最后做成某些人餐桌上的一道稀罕菜。警方追寻这种车的运行轨迹,发现至少要经过江西、湖南这些省份。我读到这个,"啊"一声恍然。也许头天晚上那人想干的也就是这些不良勾当。我若不偶然从窗户往下看一眼,小雪可能就上了这样的车,就要去广东,就没了。我这个朋友真命大矣。

那年夏天开始的时候,我和丈夫决定到外地待一两个月。我们高高兴兴收拾行李,把阳台上几盆需要每天浇水伺候的娇气植物打了车送到亲属家去寄养。剩下需要安排的就是小雪了。丈夫纠结很久,决定去找在小区院子里扫地的女工,拜托她帮忙喂食小雪。我们都想好了,只要她略微露出犹豫之色,我们就立即闭嘴,再想另外的办法。没想到这个染了一头红发的女工立即就答应了,她连连说:"好的呀,没事的呀,我自己家里也养了猫。"丈夫一脸轻松地回家,觉得小雪虽然是个小流浪,其实运气还是挺好的。

我于是粗略计算了一下小雪两个月的食量,抱了满满一大袋猫粮放到女工清洁车的挡板上，就欢天喜地地去外地了。我虽然很惦记小雪，但想必她自己能把生活过得挺好，有一天下雨，我正在寄居的民宿隔着窗子看邻居(他是一个聋子)领着他的两条小泰迪狗冒雨回来，突然接到女工的微信留言，她用的是语音，说小雪猫粮吃完了，“请示”怎么办。这么快？我们都有点没想到。后悔没有多留一些粮。我赶紧托亲戚到家里另拿了一袋猫粮交给女工。等8月底我们从外地回来，发现小雪又怀孕了。怪不得她饭量那么大。她身子瘦弱不堪，却垂着个肚子。远远见了我们，喵喵叫着从院子另一头跑过来打滚。一条近五十米的廊道，把各个单元门以及单元门旁的储藏间串联了起来。她速度还是快得惊人，转眼就到了我们脚下。

我们送了一点乡下土特产给清洁工，表示谢意。想到那么炎热的夏天，整整两个月她每天要来喂我们这个在院子里窜来窜去的朋友，毫无怨言，爽快之极，她应该也是和我们一样把小雪当作朋友才能这么做。虽然对她的举动还用不到“仗义每多屠狗辈”这样的句子，但实际上院子里的人对小雪的态度是各有不同的。人对其他生命的成见其实很坚硬强大，也很难破解。有个邻居看人时眼睛总是定定的，有点像《悬崖》里张嘉译演的地下党周乙，那是我很喜欢的一个谍战剧，所以我对这个邻居存有几分好感。有一天他突然拦住我说：“那个，你的猫碗放在我储藏间门口了，有点不太好吧？”原来他家储藏间和我家的相挨着，猫碗就摆在两个门口之间的位置。我丈夫一声不吭就把猫碗移过来一尺。至于邻居说的“不太好”到底是哪里不太好，我们没有详问也懒得深究。只是从此我觉得他一点也不像张嘉译了。

我们恢复了每天下楼去喂小雪的生活。作为一只流浪猫，小雪的作息时间经常捉摸不定。有时候不断看到她，有时候又一连几天不见踪影。人们认为猫这种生物“神秘”，我是觉得她“神经”。不过这种“神经”也挺好玩的。院子里没有小雪，就会有点乏味与无聊。而且每逢这个时候，丈夫就有点紧张。第一天，他会说：“小雪没来。”语气平平，但还是把这当作一件事说出来。第二天，他说：“小雪还是没来。”声音已经有点茫然。第三天，他说：“我院子里走了几圈，小雪怎么还不见？”几乎已经有点不知如何是好的焦虑了。我其实是和他一样的心情，但我总是开玩笑说，小雪要谈恋爱的呀，她找男朋友去了。我丈夫是个实心眼，于是就真的认为小雪是找男朋友去了。

还好，小雪一次也没叫我们失望，出去闲逛几天，她准又能回到院子里，带着一肚子故事，或者一肚子小猫崽——有时候则故事和小猫崽都有。我怀疑她知道我们惦着她，所以外面再好她也不久留。她有她的情感。我有很长时间不能出门了，起先是生病，后来是漫长的疫情，还有我自己说不清的某种身心懈怠，这些都约束着我的活动，所以我觉得小雪真是活得挺自由的，无论她是去找男朋友还是去跟谁打架寻仇。当然这当中她也会受挫，会有不愉快的游历。有一天她回是回来了，我们放的粮她却动都没动。第二天我又换了新粮，她还是不吃，就只在对面的一棵老桂花树下恹恹地卧着,我走过去细看,小雪有点拉稀。她在外面野,可能吃了什么东西,肠胃出了问题。

小雪连拉三天,瘦到真正的皮包骨。有一次她跟谁打架,左眼角被打出了血,后来血止住了,眼睛却红肿起来。我丈夫去药店买了据说是对猫伤害最轻微的氯霉素眼药水,我用腿夹着她从她头部上方给她滴药水,趁机站了一下旁边的体重秤。把总重量减去我的体重,发现小雪只有五斤六两。那还是她偏胖的时候,眼下拉肚子拉得可能都没有这个数了。我和丈夫觉得这样下去终究不是个事儿,再不治疗小雪就没了。于是我们找了个大大的蛇皮袋,一把把小雪捞进袋子里,她竟然也不反抗——可能是她不怎么防备我们,好像知道我们要带她去看医生;也可能是没有反抗的力气,听天由命——我想作为一只自由惯了的野猫,后者的成分要更多一些。

小雪平生第一次进了人类开设的宠物医院。先在电脑里登记信息。“名字:小雪”“性别:女”“年龄:不详”“体重……”我停顿了一下,报了“五斤”。小雪就这样在广阔之极的人类互联网世界里,留下她作为一只默默无闻的流浪猫的点滴信息。“真是没有想到啊!”我双手把握着小雪瘦弱的身躯,好稳定住她让医生给她诊断与送药时,替小雪惋叹命运的偶然与奇异。

为了方便给她一天三次定时喂药,我们把小雪带回家里。我拿纸巾擦她瘦弱的四爪,丈夫则去超市买鸡胸肉,剁碎了蒸成肉饼放在猫碗里,又给她喂一次药。喂药她倒是很配合,却不吃东西。她一个劲儿地要出去。从下午到夜里,她像个泼妇,踢翻碗,不住地叫。我们也知道她是极度不适应这种四堵墙、冰凉的地砖、一丝遮挡都没有的地方,她在四处乱撞找出去的路。但是想到医嘱是说药要连吃三天,如果放小雪出去,明天再找不到她给她喂药,也许有性命之忧。我们就克制住了打开门放她出去的想法。

但是那一晚上,小雪一直拼了命地在叫。拖着几乎奄奄一息的病体,她却发出了越来越大、越来越焦虑迫切的声音。我们不断地起床去阳台看她,无以为计。到了凌晨四点,万籁俱寂,唯有小雪的声音不歇。“为了出去,她变得真可怕。”我说。丈夫一咬牙说:“还是放出去吧。”于是我们再一次艰难而又坚决地爬下床,一秒也不耽误,丈夫拿了那只蛇皮袋,把小雪捞进去,她声音立刻小了很多。到了楼下,袋子一打开,单元门都不用开,她早已从门旁的隔栅间隙里冲进浓重的夜色,转瞬就不见了。“猫有猫路。”我丈夫说。确实是的。她走的是一条在我看来有些滑稽、有些不可思议的路,与所谓的“人路”区分开来的路,她自己却走得极其坚定,顺畅无比。而且她是有多想回到她自己的那个世界里去呢?那个世界到底有什么在呼唤着小雪呢?哪怕那里有饥渴,有恶疾,有防不胜防的威胁,有无以求助的时刻。

答案很快来了。第二天白天小雪还是准时出现在我们放置的猫碗旁边,安静地让我们给她喂药。这证明给她喂不了药的担心是多余的。也证明她并没有记我们“囚禁”她的仇。到了晚上,我决定去河边散散步,刚一打开单元门,令我毕生难忘的一幕出现了:昏黄的门灯下,小雪守在门边,一看见我就过来蹭我的裤腿,接着,不知从哪里突然出来五只小奶猫,两只紧紧跟上小雪,两只卧在一台长期未骑的电动车脚踏板上,另有一只离得最远,留在了野草丛中。他们都只有我的巴掌大小,不停上蹿下跳着,萌态可掬,显然这是小雪的五个娃,是她昨晚执意离开我家的原因。小雪轻轻地喵喵叫着,大约是在向他们介绍我。也可能是向我介绍他们。一时间场面非常之热闹。那场面仅从高度和体形上说,很有白雪公主和七个(加小雪,应该是六个)小矮人的味道。我曾听说,小奶猫独立谋生之前,猫妈妈是轻易不叫人看见他们的。那么,这是小雪拖家带口来感谢我们领她上医院了。

不过几分钟,小雪就领着她的娃们消失了。我眨眨眼,盯着停留过两只小三花奶猫的电动车踏板,还留在这有些梦幻的奇遇里。我看过宫崎骏几乎所有的电影,只有今晚,我参与了一场真实的宫崎骏。对于猫界,这样拖家带口前来拜会一个人、一个异族的场景,堪称盛大。在我,今生也许难得再见了。这就好比我们人类,带了一大家子去往有救命之恩的老虎门前言谢一样。无论如何,太过冒险,也太不可思议。

没几天宠物医院的电话来了,问小雪恢复得怎么样。是对治疗的小动物做例行回访。我说具体我不能知道,她是只流浪猫,不过在院子里她看上去挺好的。对方是个好脾气的男子,他说:“哦,小雪是你救助的呀。”声音里有职业性的司空见惯,却也不乏一丝人道意义上的赞许。

我放了电话,回想与医生的交谈。我觉得“救助”这个词根本不能准确描述我与丈夫所做的事情。那样显得我们是健全的而小雪是残缺的,或者说我们是强大的而小雪是弱小的。但是我一点也不这样看这件事情。因为是朋友,也就是说小雪的一部分是我,我的一部分就是小雪。我们这样做的里面,其实已包含了希望她过得更好的由衷愿景,朋友应该有的一份拔刀相助的义气,以及如果缺失这一个朋友我会觉得世界更寂寞一点的隐忧。因为当小雪在院子一角活蹦乱跳时,与我自己在世上活得活蹦乱跳,我觉得是差不多的。

那天晚上,我又到院里一个小篮球场去找小雪,夜里她经常在那儿出没,谈恋爱,捉蚊虫和夜鸟,有时和我们嬉戏。现在她已经在见好了,再喂一次药,这场差点摧毁她的疾病就算过去了。月光明晃晃洒了一地,就见小雪像一条舞动很快的彩带,从至少五米开外,一秒钟就甩到了我脚下。谁也搞不清楚她从哪里钻出来,可能是那棵茂密的桂花树,也可能是停车场小汽车的发动机底下,总之每一次看她这样的奔跑,虽然司空见惯,我还是忍不住对一只猫能够有的速度感到惊奇与佩服。

喂过药,我寻条长凳坐下。小雪嬉戏一阵,开始坐在地上给自己洗脸,洗爪子。真是极爱干净的一个朋友哇。我想。除了月光,没有什么隔着我和我这个老友。中秋已过,正值秋天末梢,蟋蟀预感到什么,叫得零落、清寒。世界很有种说不出的荒凉,一种即将步入荒凉的荒凉。可是小雪如此闪电奔来我身边,如此优雅一行礼,如此毫无流浪者对他者他族的防范与禁忌,世界就亮化了许多。

回想与小雪成为朋友的这几年，与许多人与事的联系都一言难尽地中断或疏离，我打定主意要怀抱绝不与人争锋的理想活在世上。没有什么过不去的坎,过不去我就绕开。但同时,我觉得我还是有点像乡下常见的那种眉豆或者豌豆苗,守了脚下的一点土,同时还得抓牢另外一些东西,得攀着它们才能往前爬,往上长。这可能叫作软弱,可是也无非是想从软弱里求一些温暖。那种八十岁还要舍弃一切离家出走的事,独立是独立,强大是强大,想想却太孤冷。如此我于不知觉间已经与另一些人与事建立起新的联系、新的情感。这里面就包括眼前的小雪。

而小雪呢,我眼见她这些年在世间怀着一颗流浪之心生存,死生由命,却也同样在与她自己感到安心的人或事物产生某种联系。这联系谈不上恒久,却还是比较靠谱与牢靠。她不贪慕被提供的舒适,既拥有自由,也不逃避束缚。她低调而骄傲,只要有维持生命的食物,就没有匮乏之感。所以,真正与一只小猫成为朋友,真正喂养过她,和人们偶尔看见猫,是完全不同的。偶然看见的人,可能会觉得一只猫很冷漠、傲慢、神秘,但这其实都是一带而过的思绪。你永远不会真正了解一只猫,除非你见过她在月光下打滚,见过她带着她呆萌的男朋友来讨食,见过她流血的右后腿与左眼眶,更为难得的,是见过她带着她的五只幼崽前来认亲。

我如此结识了另外一个与人类大异其趣的族类，并与之成为彼此一生的朋友。在这段花费颇多时光和心思的友谊旅程中,我的忧思和茫然获得缓解。我得到了超过我分内该得到的东西。小雪也该与我一样吧。“这个小院里有我世上最好的朋友。”如果小雪某一天要跟她的小伙伴、跟她的娃们述说她有过的传奇，她可能会用猫语，用她与人类相比太过于清澈和明亮的眼睛，这样说。

卷下

不语似无愁

慢中日月

是从什么时候开始，脑子里日日盘桓起了“世上凡一切好的东西，皆是慢的”这样一个固执的念头呢？也许是从观察家中那棵养了五年的茶梅树开始，并渐渐推想至这个世上其他一切的人事、物事乃至情事而形成的吧。

若是长久地盯着一棵树，那过程是很没有意思的。一棵树，往往和一座荒山一样寂静且沉默。你不可能期待茶梅树会像本地晚报的娱乐版、社会新闻版那样，每日更新博取眼球的东西。那些低矮、粗壮的枝，几百天如一日，沉默、喑哑，也不怎么往上长——有时一年也没发现它长高一厘米，叫人急得！那叶子也不怎么枯荣，寒暑季都是永远深暗且蒙尘的绿，在明朗的天光下看着简直有些无精打采。就是偶尔刮了阵大风，有三两片叶掉落在花盆里，若是不收拾，也要过十多天才看见它转枯转萎。

真是慢得、淡得口中无味啊！

其果实的孕育更是缓之又缓。一个指甲盖大小的果实，长久地挂在枝头，也是喑哑、沉默。前天与昨天、前天与今天的它没有两样，连一微米也没有长。即使我围着它转三圈、五圈，也依然找不到与它说话的方式。它不开口，我如何搭讪？

可是就在秋天，在一个错眼之间，突然就会见果实爆裂开来，两瓣花萼虔诚地托着果，绽出一个笑。

只是一瞬——成熟，那么快。

然后又是慢下来。与那些先花后果的树木不同，茶梅是等到果实落尽才开始含起花苞的。这时已是秋天了。花苞又是沉默、喑哑的一个小铁疙瘩，挂上三四个月。

往往是到了快过年，都快忘记这树了。有一天，起床想起，便冒着一年中最冷的寒气掀窗帘去瞧瞧，突然就看见外面红了一片。是茶梅开了。

每看见茶梅开的刹那，我们都要惊呆半天——

你很难想象外表那么平淡的树，在一年最冷的月份，会开出这么灿烂、几乎有碗口那么大朵的花来。

它是艳红色的——穿红着绿也许极俗气，可是一朵花，要是不这么大红，简直不配叫花！

花开的时候，整个世界都笑了。仿佛整个一年的漫长，就是为了等待这一刻的快意。

真是一棵慢悠悠、慢腾腾的慢树啊！可要不是它从不着急、从不焦虑，就只是一个劲儿慢慢地生，慢慢地长，这些果、这些花，哪可能这么带劲，这么值得欣赏、经得起推敲。

很多年前听过一个关于慢性子的笑话，至今也还记得。说是一个慢性子人和朋友一块儿坐着烤火，看见朋友的衣角叫火烧着了。慢性子想想便说：“有件事我想对你说，怕你着急；不说，又怕你损失大。我是该说还是不该说？”朋友问他什么事。慢性子寻思良久，终于下定决心道：“是你的衣裳叫火烧着了！”朋友恼怒不堪地将火扑灭，责怪了他。慢性子慢条斯理地回道：“我说你是个急性子，果然不错！”

这个笑话当然有些故意丑化慢性子。实际生活中慢性子的人，却只是悠着，方寸不乱的样子，予人深思般的慎重之感。那样子往往显出有底气来。朋友圈中有慢性子友人，我们从他那里往往得益良多。一伙人聚在一起吃饭，大家总是一个菜刚下筷，又热火朝天地讨论起下一个将端上的新菜来。只有这慢友，也不作声，只慢慢地专心嚼咽。待酒席结束，大家起身，拿手机的拿手机，穿大衣的穿大衣，忙个不迭。只听他慢吞吞道：“这紫薯，颜色极沉郁极美，味道却不如寻常红薯味美，淡了，所含淀粉分子结构稀松了些；最后那道宽面，有荞麦的清香，有嚼劲，饭局上做压轴最好，可真想再来一碗啊。”

他甚至咀嚼出了淀粉的分子结构！我们这一行风卷残云的人，一听顿时傻眼。因为他于一餐饭中慢慢体会到的，我们全无体会。吃了等于没吃。

于是，那慢的人，看着我们，慢悠悠地说：“你们吃那么快干什么呢？”

就如这个于“慢”中才吃出宽荞麦面清香的朋友，慢的好，体现于一切事物中。

那些最好的友情，都是慢的。花费上五年、十年，你也许才能于时间的筛子上看见一个真朋友——那可真是获得珍珠宝贝一般的喜悦与珍惜啊。所以我常思之：一生能淘洗下几个真实朋友，也就对得起自己来世上一遭了。我见过那种相交几十年之后的朋友，彼此交托某事，必是倾全力如办自己的事一般去办，比办自己的事还要郑重地去办——一切都不必多言。又如最好的阅读，也是慢的。吾友中即有一人，每两三年拿出《红楼梦》重温一遍，每次读依旧欣欣然有新的发现。他也不是要像刘心武或张爱玲那样另要做一本《红楼注释》，他就只是于这慢读里，品尝那由自己的细微发现而带来的生命喜悦。还有最好的家具，都是由生长最慢的木材做成：黄花梨、楠木，以及红木——上百年的海南黄花梨看上去甚至比一棵只生长五年的泡桐树还要细。而历千年百年之后，那堂来自前朝的家具依然铮亮、端方，仪态雍容供世人观赏。此时你方能明白，一切的事物都惧怕时间，而时间，会惧怕一棵黄花梨木。因为它以它的“慢”，战胜了时间。

就是这样的，一切的慢，都有慢的理由。连制作家常食物，煮出一锅上好的汤，也是要慢的。有次看电视美食节目，记者采访国宴大厨，要他介绍拿手好汤的秘诀。大厨道：“根本没有秘诀，人人都会做。”

年轻的记者追问不止。大厨想想，道：好吧，其实秘诀也有，就只一个，就是时间。现在都用高压锅，可是你用砂钵，拧小火，慢慢炖上五个小时试试！

我听了，暗叹：现代社会，炖一锅汤耗上五小时，也许连我妈那样的老太太也不肯了吧？

可是慢工出细活——真理就是这样颠扑不破的简单。

慢中也诞生最美好的艺术。秋天的时候去苏州出差，在夜游护城河的一艘画舫上，有幸亲耳听了一次苏州评弹。船家安排唱的是白娘子与许仙的“断桥借伞”这一出双人对唱。这熟烂的故事不免叫人担心远来的客人如何有心情在一艘动荡的船上听得下去。果然，当那一男一女评弹演员开腔，娓娓道来，画舫上很多游客在阅读完毕二位演员的身材及长相后，即已不耐烦起评弹的慢节奏来，他们对着湖心桥拍照、自拍、嗑瓜子、嚼口香糖。

我却于这吴侬软语里渐渐浸沉下去，渐渐内心欣喜不已。

这评弹，除了甜糯清亮，还有一个字，就是“慢”了。只见那许生慢慢搭讪，那白娘子缓缓答应。二人皆一字一句，不疾不徐，仿佛有商有量，却又迂回盘旋。是了，青春男女，春意盎然却又羞羞怯怯，就是应该这样慢慢来的。这样韵味才出得来。慢，带出了良好的修养、良好的性情，叫人猜测这良好的人儿必是诞生于一方良好的水土。叫人判断，这良好的慢悠悠的乐音，必是来自生活富足、心境恬适的鱼米之乡。

慢,有如调试一架音律近乎紊乱的钢琴,把无论愁肠百结还是欣然跃然的人之七情六欲一一理顺,一一细腻道来——艺术正是如此抚慰人心。慢,也有如大将调配荒兵乱马。看着是将溃不成军的败局了,可举手间,叫一切慢下来,便已是千军万马列队成行的妥帖,如此镇定自如,底气非凡。

真是慢中出好东西啊。听着这已于苏州府的天空飘荡几百年的乐音,我不禁在心底这样感慨。

我又想起这半年,除了永在更新的时政要闻,微信里最火的内容之一,应是木心那首叫《从前慢》的诗:“从前的日色变得慢/车、马、邮件都慢/一生只够爱一个人……”且有有心人为这首诗配上了丰子恺先生的系列画,画中尽是些儿童放风筝、姊妹二人绕毛线,以及“人散后,一钩新月天如水”这样恬淡、日常且又回味悠远的画景。那样的诗意,那样的笔意,触动了所有想慢又慢不下来、想慢又无法可慢的人——慢中方可见出日月之长,体味日月之好。慢,就这样悄悄地扯住了“快”的衣襟,叫人时常回下头,看下来路;也叫人不禁悄声告诫自己,不要容易开又容易谢的快花,不要短暂、敷衍的,容易来又容易走的人情。只是要慢慢地说话,慢慢地走,慢慢地想事情,慢慢地不想事情——

于一果一叶、一饭一音中,慢下来。慢慢地爱,慢慢地生活!

慢就是一心不乱啊。

珍宝的灰烬

我在子固路上走着时,远远看见两个人,手牵着手过来。那略微走前一步的女人,和我已过花甲之年的母亲年纪应该差不多。身材是松垮了,脸上倒还没有完全皱纹密布,她的五官还是清清爽爽的,年轻时的端庄与美依然有迹可循。

但是她的一头头发已经灰白了,那种白还不是像高山白雪,刺人眼目;而是像刚熄灭的炉中灰烬,柔和而又暗淡地堆积在她那张仁慈的脸的上部。

她一手牵着的那个人,总有一米七以上了。他挪移着,脚步迟缓,像始终不肯去上学的孩子。有时他手上抓一包"旺旺"或者"浪味仙",都是幼儿食品。他走几步,停下来,把塑料袋子往嘴巴里倒一倒。袋子已经放下来了,他的嘴还仰天张开着,像一尾贪玩的鱼,不肯回到水里去。

她便驻足等着,回头以目光查询。她的目光,她的身体姿势都表明,她这样的等,已经有一辈子那么久了。

我慢慢经过他们身边。他的长相是人们早已熟悉的那种，胖腮帮子直往下塌，小眼睛眯眯的，眼神散着，没有光，一看就不对。他的动作直而僵，并不比木偶灵活。明明是天生如此，却像故意在搞笑。

你知道了：他是一个智障者。

一个介乎男人和男孩之间的人。

她的儿子。

五六年了，每天我都在子固路上和他们相遇。子固路是一条狭窄的街，两人都是胖大臃肿的个子，站在街边简直像占了半边马路。子固路还是嘈杂的，人声如浪不歇。只有他们两人，一举一动完全无声无息，像一部默片上映。身边人来人往。没有人关心或注意他们。谁不知道他们呢？他们从来就是子固路的一部分，像一个人身体的一部分，没什么奇怪的。

他们喜欢在街边的大排档吃那种几块钱一碗的炒米粉。常常是，儿子伸着脖子，要凑到碗里去，母亲便喂他，米粉因此一根根贴到了他的脸。他的脸上，这一点，那一点，就都是酱油色的斑。

母亲拿餐巾纸去帮他揩。左一下，右一下。都是动作，没有语言。周围的孩子好奇地盯着这一切看，母亲丝毫没有注意到——我敢保证，在那一刻，喧嚣的街面上，她的眼前只有她的孩子一人。

他呢，让自己的脸顺着纸巾的节奏和方向转。就像葵花顺着光线转动一样自然，丝毫不被察觉。

他那么顺从,因为他感到安全。几十年都是这样的,就像一块石头之所以坚硬,就是因为它十年、百年、千年都是这样的,不会改变。

我总是想,纵然他什么也不明白,凭着本能,他还是了解:他可以一直绕着这个喂他米粉的人转动下去。日头会落下西山,他的母亲却连夜晚也是光彩照人地眷顾他。

如果一个智障者也有梦,如果他梦中也会出现天使,那么他生命中唯一的天使,一定是他母亲的形象。

——一个仁慈、苍老,而且心碎的天使。

父亲却从来没有出现过。永远是一个六十岁的母亲,牵着年龄至少三十岁、智力却三四岁的儿子,在这条车辆只可单行、青苔布满墙面的老街道上散步,日复一日,永无休止。或者说至死方休。

在他们中间,一个男人长期缺席。不知道他是不在了,还是羞于三人同行。

所以,他们两人是靠得更紧了。那种紧密,并不是空间上的。就像植物的根系,只在地下纠缠。

有段时间,他总是背着一只孩子气十足的双肩包,包上面印着卡通米老鼠。

母亲看着他时,眼神有一瞬间是年轻且灿烂的,就像开学第一天,一个三十岁的母亲送七岁的儿子去报到。

虽然很快地,她的眼神又恢复如常。就像一堆烧过的炭灰里,爆出几颗红火星的短暂,就像一个乞丐的美梦醒来后的苍凉,我还是感觉到了,对于这个母亲来说,一个儿子,永远是她的天使。

——一个需要牵手散步、永远无法长大、令她心碎的天使。

如此说来,他们是彼此的天使。

有一回,我在门口和守门女人聊天。她是子固路的土著,生于斯长于斯,不像我是外来户。关于这两个"天使",我想从她的嘴里能够知道更多。于是我说:"你看,那母亲带着她儿子过来了。"

守门女人织着她永远织不完的毛拖鞋,十岁的女儿坐在她身边的小凳子上做课外作业。她告诉我,毛拖鞋是要脱鞋进门的人家必备的,一双可赚八块钱。她的头只微微抬一下又回到毛线针上。她叹气,说:"也不是我心太煞,我就是觉得这样的孩子生在这个世界上有什么用呢?"

我看看她的女儿,头上扎着蝴蝶结,这个年龄已经戴起了一副斯文的小眼镜,嘴里念着ABC。是的,她是每月只能够拿到几百元,她住一次院要犹豫很久,因为乳腺炎开刀所费不菲。可是毕竟,她的女儿是她可期待的——那小小的身体、智力、情感都像春天的青草或蘑菇一样,一天天见阳光和雨水就长。现在她看顾女儿,到了一定时间,却是女儿反过来牵她这双年轻时不倦编织、年老则布满褐斑的手。

老景苍凉,总还有可抚慰的。世事本当这样,才是符合伦常。可是对于一个智障者的母亲呢?

“这个娘肯定最放不下的，天天想得睡不着觉的事就是，她死了儿子怎么办啊。”我听见守门女人又说。

这句话真是让人的心都要被揪起来了。

母亲在一天天苍老，儿子却“驻颜有术”，从来没有变老过一分。这种感觉不仅暗示了时光格外的缓慢悠长，而且，我几乎发疯般的，体会到了“造化弄人”这四个字。

母亲曾经有过欢笑如春天的时光吗？她曾期望过她的爱会得到回报吗？她的心里，是否也曾诅咒命运的不公，让她满头秀发无声息地就化作了灰烬的故乡？

她和他的名字，她和他的年龄，她和他的故事，都是怎样的？

在子固路上，我不知道，还有没有比这些问题更能让我一次次心绪难平的事情。我的目光偷偷追随他们，甚至有几次我想跟着看看他们住在哪里，他们的家究竟是怎样——然而我终于遏制了自己。

我还非常想听见一次他们母子的对话。就像一个生活的录音师，我狂热地想捕捉他们的、一切属于小人物的声音。哪怕简短到只有“好吗”“好”这样的几个字。

我却从来没有听见过。

他们为什么不发出一点声音呢？哪怕就像那些音质低劣却时时不忘以卡拉 OK 自娱自乐的人。

他们只是竭尽全力地安静着。就像两张紧连着的纸片，留在一本大书里；就像两片连体的树叶，待在一棵巨树上。

也许所有的大爱,就是这样无言无语。

夏天的早晨,我走路上班,经过佑民寺。拜庙的人明显比平时多。一个卖香的老妇对我说:“买把香吧。今天是观音老母的生日。”

一个熟悉的身影被我发现了。在密集的人群里,这个永远牵着儿子手的母亲,今天她的手里握着三根巨大的香烛。

她的背影肃穆得就像是只有她一个人,她是一个人站立在空阔的原野上,站在离上苍那些能够洞察人世苦难并可解救他们的菩萨最近的地方。

我看见她深拜下去。倒身下拜的时刻,她灰烬般的白发缓缓飘垂,我想起茨维塔耶娃的那几句诗:

灰白的头发,
这是珍宝的灰烬:
丧失和委屈的灰烬。
这是灰烬,在它们面前,
花岗岩变成尘土。

生活的火焰并不能够总是燃烧得旺盛与鲜艳。尤其对于小人物而言,更多的时候,它是灰烬的代价和化身。然而,当你于灰烬里埋头寻找,尘灰扑面呛人的刹那,你能发现的,总有一块心一样形状的钻石或珍宝,让你怦然心动。

卖麦芽糖的人

卖麦芽糖的人，挑着一副破旧的簸箩筐，在绳金塔一带转。簸箩上面是一对圆圆的竹篾盖子。他在盖子上铺了张旧报纸，报纸上散落着几大块金黄色的、诱人的麦芽糖，还有敲糖用的像玩具一样的小锤子。担子下面，当然还有更多的没有卖出去的糖。

这一带全是小巷子，住户多。可是他走街串巷一上午了，一块糖也没有卖出去。城市里挑这样的簸箩的人，几乎已经绝迹了。他因此有点像个怪物样，在他熟悉的这些大街小巷里走——只是几十年的光景，他的生意已经由供不应求彻底地转变为无人问津。

“卖小糖，卖小糖！”(我们这里把麦芽糖叫作“小糖”) 他吆喝着。小街上人倒是多极了，玩牌的、织毛线的、打手机的，还有在晒腊肉的，没有一个人搭理他。这个城市热闹是热闹，却不怎么愿意搭理他这样一个出售自家生产的糖的人。

他又继续往前走。

他看见一个小孩子扯着母亲的手在前头走，赶紧又吆喝了几声:“卖小糖,卖小糖!”可是那母亲听了,只把小孩子拉得更紧,走得更快了。边走还边说:“等下给你买口香糖吃。”

是的,街边卖口香糖的小店,也比他生意好。他想不明白,那样嚼了几口就索然无味、必须一口吐掉的所谓的“糖”,怎么能和他金黄黄、香喷喷的麦芽糖相比?他的糖,卖得极便宜,说起制作方法来可真不容易呢。要等上好的麦子发了芽后,再用好糯米煮熟,一起熬了又熬的。那熬成糊糊时的颜色啊,真像琥珀一般呢。

可是没有人管这些了。

他一块糖也没有卖出去。他也并不气馁。他又走了几步,听见有人在喊:“卖小糖的,卖小糖的。”那声音有些苍老和嘶哑。

他四处看看,看见一个老头倚着门边喊他边咳嗽。腰都有些咳弯了。

“你买糖治咳嗽吧。”卖麦芽糖的人一眼就知道了。他卖了这么多年糖,最喜欢的就是这种为了治病来买他的糖的人。

是的,这位老先生,年年冬天要咳嗽。住院,打吊针,用外国进口药,什么方法都试过了。可是还是一直咳嗽。咳得他都有点厌世了。

今年他听见人家介绍了一个偏方:用麦芽糖炖土鸡蛋,再加点百合,可以有效地治咳嗽。

于是他想试一试。“人家告诉我一个偏方。所以我找了你好久啊。我到菜市场找,到超市门口找,都找不到。”他说。

“偏方治大病呢。老人家。”卖麦芽糖的人说。他自己也有六十多岁，却称这个顶多七十出头的老人为“老人家”。这是因为他从来没有想到自己也老了——也许世上只有劳动，才是防老化的唯一良方。

“唉，姑且试一下吧。咳得晚上睡不着觉——我这样的人可怜哟。”老头加了这样一句。他擤了一把鼻涕，有点脏兮兮的。病了很多年，他病得有些怨天尤人了。其实除了咳嗽，他的处境还算是优渥的。治病有医疗保险，子女也都孝顺，闲时打个小牌，也能支付得起输掉的钱。

“等我给你找块好糖。”卖麦芽糖的人说。他把簸箩筐子掀开，挑了一块看上去颜色最新鲜、最金黄的糖，用那把用了很多年的小锤子，开始锤打起来。

小糖碎成了大大小小的糖片，卖糖人拿出秤，秤尾翘得高高的。

“你今天卖得好吗？”

“才做了你这一家生意哟。”卖糖人说。

“可怜哪。”老头说。“可怜”，是他的口头禅。自怜与他怜，都在里面了。

卖糖人显然并不这么认为。“只做你一家也是好的呀。可以成全一道偏方，可以治一样病——这比什么都强呀。”他憨憨地说道。

老头晃晃脑袋，不作声。他觉得自己有见识有文化，不值得和眼前这个萍水相逢的人争。

卖麦芽糖的人笑笑走了。他在这座城市里走来走去，还不知道眼前这个老头以及这个城市是怎么看待他和他的麦芽糖的吗？但是他并不以为意。

其实他早就不指望着靠出售麦芽糖挣钱了。他憨厚与执着的性格却使他把这项“事业”继续下去。

“这样好的老祖宗传下来的东西，我再不做就没有人做了。”从前街道上还有很多像他一样卖麦芽糖的人时，他并没有这样的想法，他只是谋生度日。现在这样的想法倒是在他脑子里兴起，靠着这想法，他又漂泊到路上去了。

咳嗽的老头把麦芽糖交给他的老太婆，交代她怎样按照方法一一去炖去煮。等交代完这些，他坐着等偏方变成一碗药的时候，这个喜欢哀怨的人，心想：这个卖糖的人，这样走一上午有什么意义哟？除了我，还有谁买他的糖哟？

过了三五天，卖麦芽糖的人又来到老头的门前。“老人家，咳嗽好些没啊？”他问。

老头张着嘴巴，摇摇头，许久才回一句：“毫无用处哟。”

“你这个病是陈年老病，一下子是好不了的。”想想，他又说，“那么，你用的是哪里买的土鸡蛋、哪里买的百合啊？”

“还不都是在超市里买的嘛。”

“唉，现在那里哪有什么真正的土鸡蛋和真正的百合呀。话说超市里的绿豆粉丝，其实就是豌豆粉丝。超市里的土鸡蛋，也还不就是喂饲料出来的蛋。”

卖麦芽糖的人说完这一套显然憋在心里很久的话，转身去掀他的簸箩。他竟然从里面掏出了一袋百合和十个鸡蛋来。

“这是我自家养的土鸡蛋,我自家种的百合。你把这和我的麦芽糖配到一起做,看看效果怎样。”

“只有配到一起,那个偏方才管用哪！”他又加了一句。

——原来他不希望别人对他祖传的麦芽糖不信任，他是要人家彻底相信他的手工产品,是要维护他这个“行业”的神圣。

真是一个有滋有味的卖麦芽糖的人哪。

素食者

一碟巴掌大的素豆角，一碗清汤寡水的面条，外加一双筷子。服务员把它们端到我大表婶面前，同时低声说一句：店里只有这几样素菜了。

大表婶看着这几样，眼里露出释然的光。她频频点头，道，蛮好，蛮好。

坐在她旁边的小表婶却突然叫起来："什么蛮好蛮好，一点都不好。"她声量一向大得惊人，现在因为不满，简直把我们骇了一跳。

她说："这怎么行！这样吃营养怎么够！而且你还是天天这样吃！"

饭桌上几乎所有人都附和起小表婶来。一则，按照吾国喜庆必食荤腥的惯例，觉得大表婶于这样的场合仍坚持茹素，实在有点煞风景或不近人情；二则，小表婶做了一辈子护士，从护士长位置上退休的她对于人的健康问题，有着最高发言权。人人因此忧心忡忡:对一个接近八旬的老人而言,素食,是否能支撑本已羸弱的身体?是否能产生足够的热量与能量以满足生命所需?

大表婶明显势单力薄。但她并没有慌乱,也没有激动——这样的境况想来她遭遇无数回了。她只是带着并无向眼前这个庞大集体妥协的打算,道:“你看我不是蛮好的嘛。你们吃你们的,不要管我。”

局面一时有些僵住了。

这是去年夏天为了庆祝我父亲家族一个晚辈考上大学，我们在酒店举行的一场聚会。家族,如今已沦落为松散、不成多少体系的一个词,虽则没有四分五裂,但要捏合、聚拢,却也只有靠诸如嫁娶、为老者祝寿,以及为后辈考上名校欢呼这样的外在事件来完成了。

但是家族的辈分、礼仪、秩序,还是讲究的——并且仿佛是为了弥补日常的被忽视、被遗忘,在这样的场合,它是更讲究了。

如今,因为大表伯去世,大表婶作为家族中最年长最应受到尊重者,坐在了酒席的正中。小表伯及小表婶,分坐她的两侧。他们三人,构成了酒席的“上首”。

大表婶是矮小瘦弱的个子，鸟一样的体形，还因为常年的茹素,她在我们的感觉里,是更小了。她小得就像那样一种纽扣,如果一不小心丢失就要害你满地找半天;她小得也像颗豌豆人,可以揣在衣服口袋里;她小得仿佛一掌推过去,定会遁了地或隐了形,令人生出罪过之心。总之我连跟大表婶说话，声音也要放得小小的——我生怕我大声音的水流,会把她卷裹到不知名的地方。

而小表婶高大、健壮,有着俗称“大洋马”的身材。每次我站在她面前,总觉得头顶有一片光被遮住了似的,要往后退一退。她的皮肤又那么白,就好像一大团发酵彻底的面,摊在那里等人来揉成馒头或包子。更因为保养得当,她一辈子都是中气十足,当她开始说话时,如果可能,为了耳膜的承受度,我总是要稍微退远一点,同时眼睛也要略微眯缝上几毫寸——在惊吓来临之前，我的眼睛通常总是这样做出反应的。

现在,大小两个表婶坐在一起,虽然是各坐各的椅子,视觉上,却仿佛小表婶占了五分之四的地盘,剩下的五分之一才归大表婶。她们的面前,杯盘琳琅,碗箸无数。放眼过去,有种千杯万盏的豪奢。虽只是些家常菜,却盘盘皆有香的肉鲜的鱼,油光泛滥,色味喜人。

就在这样美味当前之时，我的大表婶，我们家族的豌豆老太太,仍然坚持要素食。

大表婶食素多年,我们家族的人是都知道的。自从十多年前大表伯去世就开始了。其时大表伯脑溢血,常年卧床,生活难以自理。他们的儿子又因年轻犯了些事,尚在监牢。大表婶只得一人独自照顾病人。大表伯的饮食起居,再加上毫无转机的病情,使她操碎了心。那时我去伯伯家探望,那从未清新过的恶浊空气,凌乱不堪的病床，病人长期的体臭，以及他了无生气的呆滞面孔，总是使我待不了一会儿就想逃离。何况大表婶必须日日处于这样的环境。我想于苦了一辈子的大表婶而言，也许并没有什么，但生老病死这样的循环往复永无了期，必是使她感到人生毫无归依的可怕。两年后，大表伯归西，并无多少文化的大表婶开始信佛，竟虔诚得像已做了一辈子的信徒。她每日燃香，听经，荤腥不沾。每周她必和信友一道步行去郊外一座小庙见师傅，供奉菩萨，吃庙斋。

她还逢人就劝其信佛。包括我的母亲。我妈每次都向往地听着大表婶的游说，感到素食的美好，信仰的美好。但同时她亦有数个理由纠结于心。比如皈依的时间，我妈总是力不从心地说：都七十岁了，太晚了吧？又比如燃香，我妈总是顾虑重重地说，老头子多年哮喘，冬天晚上都要开窗，屋子里烧香肯定会刺激他的肺啊。又比如不杀生不吃荤，我妈也总是百般解释："我吃素可以，可是老头子怎么办呢？老头子喜欢吃肉，而且他只吃我做的菜……"

和世上所有因为种种理由无法展开他们的信仰之旅，但又完全可以获得原谅的常人一样，我妈就这样无比纠结着，沿袭以往的生活方式。包括在节日宰杀鸡鸭，在平日也总是要为我烧上她最拿手的红烧肉送来。

但是大表婶总是以一种迫切的态度对我妈说："怎么会晚呢？我也从六十多岁开始啊。鸡鸭，你少杀一只算一只啊。而且你看我吃素以后，一切都变好了呀。走路也快，脸色也红，心也静了。你知道，什么时候开始信开始吃(素)，都不晚的。永远都不晚的。"

永远都不晚的。

没有在家族中找到同类，大表姉就这样一个人，默默地坚持她的素食，她的信仰。

但是小表姉，以及大多数和小表姉秉持同样观念的亲属，却不能彻底接受这个事实。平时并不在一个桌子吃饭，眼不见为净，也就罢了。而现在，众人于一起吃饭，尤其是在庆祝某件喜事之时，一个熟人，特别是还是一个有地位的至亲，竟然仍然吃得如此清简、素净，如此不铺张、不顾世故人情——这便超出了我小表姉的接受范围。她此时“逼迫”我大表姉吃上一筷子肉丝或一勺老鸭汤的样子，仿佛这个世上，荤食者们对素食者们游说、劝解、不满，最后乃至于声讨的缩影。

——素食者在这个世界上的处境，也由此可窥一斑。

但是我眼前的这位豌豆老太，却并不为素食羞耻，也不因支持她的人员寡少到接近于零而感觉孤单。她默默地挑起面条，吃一根豆角，然后叮嘱那刚考取大学的晚辈几句俗常的话。

晚辈点点头。众人也感觉到了劝说这个素食者的无望因而纷纷弃械转向别的话题。聚会的气氛重新变得融洽。

我突然感到，无论是以食物的成分，还是以人数的多寡论，我大表姉都属于弱小的一方。但结果却是她以特有的方式坚持了自己。她以弱胜了强。

而且，这种坚持，不是有一群同类相互支撑的近于游戏的喜乐，也不是独自一人时的默守，而是一个素食者在对付一群荤食动物。

——在我看来，这得付出双倍的力气、双倍的勇敢。

这和我所认识的所有素食者的特征是一样的。他们在这个世界上人数不多，甚至可以说极为稀少。口腹之欲，于他们完全无所谓。他们只是意欲通过清洁的身体，达到清洁的心。对于他们而言，食物是桥，身体是桥，只有桥对面的岸，才是他们所倾心关注的。他们对待包括饮食，以及由饮食延伸出去的诸多事物，例如待人接物的态度，例如信仰，都无比坚定。

——在这个世道，人性已如稀泥一般摇摆、软弱，杂质丛生。人人生活在此岸。金钱，是此岸的通行证；好吃好喝，是此岸的流行语——这使此岸常常有如一场罕有的盛大派对。更有的人，简直拿着有今天没明天的心态在活。动物一般的活。下赌注般疯狂地活。

于是，那岩石样的坚定素食者，那对“彼岸”的无比关注者，已经越来越稀罕了，越来越孤独了。

但是，他们也因此，越来越坚定了。

他们其实是深信，素食，是对世上其他同等生命的尊重，是慈悲。

他们其实是深信，素食，是人自己救赎自己的某条隐秘小径。

他们其实也是深信，哪怕世界不能变得更好，也可以以素食、以其他一些类似的方式令自己变得更好一点。然后通过自己的变好,世界也因此变好了一点。

怀抱如此的愿望,素食者,他们从不左右他人。但最后他们却总是令他人刮目相看。

吊诡的是, 最后往往是作为少数派的他们达到目的。也就是说,素食者坚持了素食主义,信仰者坚持了信仰。并且因为自己的坚持,他们常常感到幸福、充实——那是在暗夜在寒冬也有火焰陪伴的感觉。而那鱼肉满腹之人,虽然嘴嚼荤腥,心怀不满,却也全盘放弃,无话可说;而那无信仰者,在这世上貌似游游荡荡,潇潇洒洒,却也手足冰凉,魂灵难以安妥,以至无家可归。

——虽然不是军事史,这却是以弱胜强的一个典型例证。

有人按照两分法的原则, 说世界上只有两种人——男人,女人。按此,那么我也可以说,世上只有素食者和非素食者两种人。我还可以把非素食者和素食者,分别叫作丰盛的人和素简的人。这丰盛的人和素简的人,他们互相依存、参照,他们是彼此的对头,更是彼此的亲人。他们应该是梦内梦外、镜内镜外的关系,而不是像食肉动物与食草动物那样,吃与被吃。

不是吗?

丰盛,是葵花的开放,是海水的涨潮。丰盛,是心灵的封疆扩土,是欲望的旗帜呼啦啦作响。

丰盛的人,总是有着泥沙俱下的本领,有着裹挟一切的风雷般的才能。

而素简，是月亮贴在天幕一角的微小与微小也不能改变的明亮,是灌木在冬天不改其色其形的泰然安然;素简,是对彼岸的迷恋,是对世界的珍惜。

那素简如我大表婶的人,他们有最洁净的身体,也有最勇敢的心。

笨拙的土豆

六十瓦的白炽灯悬在餐桌上方两尺左右——那是我们通过试用不同瓦数的灯泡后，所选定的亮度——它明亮但并不晃眼地照耀着饭厅,仿佛队长一样检阅着下方餐桌上的各样盘、碗、筷、碟。又像忠诚的卫士,保护就餐的我们。

桌子正中央是一大盘土豆。土豆上面散落着一片片熏肉。熏肉是乡下朋友特意在去年冬天开始做,春节前夕送来给我们的。它有着柴火持久的草木香。

土豆与熏肉,在我们看来,是绝配。这道菜我们总是吃不厌。

我凑到饭桌边。仿佛还没有吃就已经感到满足。这样的窗外刮着呼啸寒风的冬夜,这样亮度的灯光,这样洁净的可以把菜和书同时放在一起的饭桌,这样一个什么都可以聊的食伴,甚至还有极为少见的这样一小碟从山西带回的五十年窖藏陈醋。

尤其是,这样自己极中意的、怎么吃都好吃、怎么吃都吃不厌的食物,这样圆滚滚、笨嘟嘟,甚至可说丑兮兮,但又热乎乎的土豆。

——这一瞬间,生活仿佛再也没有什么可求的了。

举箸之前,忍不住要跟那一个个土豆打个招呼:

你好啊,土豆!

土豆,是我家的主打菜。没有哪个季节我们不吃它的。

厨房放日常菜的那块区域,常年看得见的,除了姜蒜辣椒等常用作料外,就是土豆了。我们总是还没有吃完,又从菜市场买一堆回来,继续堆到上面。有时发现土豆都要长芽了,购买才停止几天。

偶然有次我用从乡下淘来的那只古旧笨重的木篮子来盛土豆,发现它们在一起就像个扛锄头的农夫和个种菜的农妇那样和谐:都是褐色的,笨重的,踏实的——简直可以去民政局登记了。

从此它们就常年待在一块儿了。

有时走遍菜场,也不知道吃什么时,我们就会说,吃土豆!

有时很高兴,要犒赏自己,也会说,吃土豆!

有时吃着包子,也会想,有没有土豆馅的包子呢?要是有的话我第一个去买。

很难想象,有三十年,我是个绝对不吃土豆的人。

有三类东西我不喜吃。一是海鲜,许是生长在内陆的原因,我爱吃木耳、菌菇之类的山珍,"海味"于我却只是个不能产生诱惑的词语罢了;二是蛇、黄鳝、乌龟、脚鱼这类,这些天生滑溜溜的东西,我连摸也不敢摸,哪里敢去吃它们呢？最后就是土豆、红薯这类外形圆头圆脑、看上去憨厚笨拙的食物。那时我有个不知从何而来的观念:以为吃了这样外形的食物,自己也会变得这样肥圆不堪。我总觉得土豆、红薯,都是那些膀阔腰圆的人才吃的。或者反过来说,是吃了土豆、红薯,他们才变成了膀阔腰圆的人。

于是我总是偏爱甜食与水果。要是饭桌上只有土豆之类,没有其他什么可口的菜,我干脆就不吃饭,只是吃些话梅、橄榄之类的零食也可熬过一餐。

我妈那时总是无奈地问我:“你哪里跟土豆有仇啊?!”

周围有很多爱吃土豆的人。但是我丝毫没有感觉。嗜吃的甜食,以甜遮蔽其他所有的味道,很轻易地就麻痹了我单纯的味蕾。而水果,总是以大量的、饱满的汁液吸引我,其实却是最经不起存放的。总是要不了几天,它就干了、瘪了,甚至烂了,就像读多了爱情小说的人既容易发生也容易遗忘的爱情。

想起来,这些曾偏爱的食物,都是同样的:它们散发出的甜美、浓香,像一层又一层面膜,覆盖在我的感觉之上;它们以一种味道遮蔽了其他真实之味。

——我并不了解,越是甜美的东西,越是容易腐烂,最后变得越不可接受。

那时的我，就是这样一个无论是口味还是心灵都有些偏狭的人,一个明明很笨拙却又极度害怕笨拙的人。

也许所有人的青春,都有过这样与甜食、水果为伴的时期吧。

2003年秋天,我在火车上偶然遇到一位男子。他当时在翻的一本《凡高画册》吸引了我。我们渐渐攀谈了起来。我说我喜欢的是凡高那一系列自画像,那个包扎着伤耳但并不自怜的人,那个叼着烟斗但眼神已近疯狂的人,还有他那令人感觉突兀的红色胡须与他身上那亲切的工装蓝衣,这一切加在一起,是多么丰富啊。

对面的他说:"那么,凡高有张早期的画作有没有引起过你的注意呢?"

"不,你不会注意到它的。"还没有等到他说出那是哪一张,他就又遗憾又充满肯定地说。

临下车前,这个男子把这本边页已经翻得有点微微卷起的《凡高画册》送给了我。正是在这画册里的中间某页,有他着重提到的那幅画——《吃土豆的人》。

——某样司空见惯的事物,如何在某一天突然引起我们的注意,实在是有各种因缘与契机的。就比如那些我忽视惯了的、生活中无以计数的、我眼中无比笨拙的土豆,就这样经由一幅一百多年前的画作的引领,重新进入我始终睁开却始终有盲点的视线。

现在,这幅《吃土豆的人》,我闭上眼睛即可回忆起画中任意一处细节,我若有任何绘画天赋定当临摹一千次。

它那么悲伤刻骨,而又坚韧不拔。

深得我心。

画面正中是一盏悬挂的昏黄油灯，使整个画都带着深褐色的凝重。灯光下,一家五口正围桌而坐,木纹餐桌上摆放的,正是还冒着腾腾热气的一大盘土豆。热气袅袅地上升到他们的头顶,有了温暖的氛围。

一个老太太正把一个特大号的土豆递给那一家主妇模样的人,仿佛在赞赏地说:瞧这一个,多大个啊。主妇则低眉筛着茶(许是咖啡),她的粗眉有些皱起,仿佛有点不耐烦眼前这样的生活了,却又依然惯性地深思着这样的生活该怎样才可以过得更如意更体面些。

主妇的对面是一家之主,他也许是个矿工,手指叫煤炭染得发黑他也懒得去洗洗。他凝望着他老婆,仿佛要跟她商量什么事情。而另一个戴头巾的女人又凝望着他。

一个穿裙子的姑娘,身形要娇小些,背对着我们。

他们的关系有些复杂。但是这都无所谓。总之他们是一家人,这是肯定的。

他们的手关节都出奇的大,骨突着。你知道,那样的手是可以把食物或茶壶抓得很牢的,也可以把生活抓得很牢的。

他们的鼻翼也很宽,鼻孔粗大,他们的呼吸,一定是粗重的。劳动改变一切,包括他们的呼吸。

五个人非常均匀地分布在这幅画中,毫无疑问,人人都会说,他们是画家所关注的主题。

可是,在我眼里,桌上仅有的那一大盘土豆,外加佐餐(土豆餐)的茶,也是凡高眼里的主角。就像今日我们常常看见的或提供日本牛肉,或提供海参之类的稀罕品的主题餐厅一样。

这个五口之家,土豆是他们的餐桌主题。

日复一日的主题。

在我看来,这一幅画里,有笨拙的男女、笨拙的土豆。或许可以说,还有笨拙的一壶茶。

有着一个农民之家全部的笨拙不堪的生活。

凡高给弟弟提奥的信印证了我的看法。

据说提奥一见到这画,就鼓动哥哥拿去沙龙参加展览。但是凡高回信说:"我想清楚地说明那些人如何在灯光下吃土豆,用放进盘子中的手耕种土地……老老实实地挣得他们的食物。我要告诉人们一个与文明人截然不同的生活方式,所以我一点也不期望任何人一下子就会喜欢它或称赞它。"

他并没有把画及时拿到那些由阔太太的飘飘衣袂、小姐们的香气熏染与高贵军人的满肩膀勋章组成的沙龙里去。

他描画着吃土豆的农民生活。其实是,他想通过土豆这样的食物,以及这些种土豆也吃土豆的人,见到与他所鄙夷的"文明人的生活”不同的生活。

见到上帝。

我开始爱上吃土豆。煎、炒、炖、煮;或单独吃,或搭配其他食物吃;当饭吃,当菜吃,当零食吃……没有一样不尝试,没有一样不好吃。

土豆那满满的淀粉里,还有着只可意会而难以言传的清香。

我也开始关心跟土豆有关的一切。报章杂志、电视以及人们口里的片言只字,都逃不开我的注意。

我最喜欢探究的是土豆的成长。所有的蔬果,都是裸露在空气与光线中,它们一生都与风与光线打情骂俏着,最后用碧绿的、红彤彤的颜色告诉人们:我熟了,来吃我吧。

只有土豆、红薯,那不多的几样,从春到秋,它们完全地埋伏在泥土之下。命中注定它们的工作就是在漫长的黑暗里沉默与积蓄。它们的一生,真可以写成一本“黑暗小说”啊。

有时想,土豆做梦吗?它的梦是黑色的吗?

有时还想,土豆在出土以前,它的个大个小,即使连种植它的农民也猜测不出。会有人怀着强烈的好奇心掘开泥土看一眼土豆再给它覆盖上吗?

都不得而知。只知道,它们从土地里出来的那天,就是它们完全成熟的日子。

有一回,我看到介绍苏联的一部电视片。在地广人稀、粮食永远不够的苏联,产量极大的土豆,成了人们唯一的救命粮。因此,赫鲁晓夫先生的名言便是,土豆加牛肉,就是“共产主义”。

我曾听说,在二十世纪六十年代初,饭蔬最为匮乏的冬春之际,土豆挺身而出,养活了整个北方。

土豆可以露天存放几乎整整一个季节。它的构成分子,该是有多牢固啊。

还有土豆的种子,越往北种子越好。所以,人们常常走得更北,去换种。换回优良的来年收获。

每一次,听了这些,我总是外表平静,内心却热血沸腾地想,如果有机会,我应该去种植至少一季土豆。去观察、了解、亲近那些披着大地色外衣的土豆,那些外表粗糙、内心扎实的土豆,那些在市场的菜堆上与人们的菜篮中笨拙地滚动的土豆,那些养育生活的土豆。

有时在灯下吃着土豆,会想起火车上偶遇的那人。他当时那么坚定地指出我会忽略凡高那幅《吃土豆的人》,也许并不是他的武断。而是他看出了当时的我,是个过度追求纤细内心、纤细生活的人。这样的人,总是不自觉地与精致、精美为伍,因而无法在泥沙俱下的生活里立住脚,无法看得更清晰更全面,无法像个伟大的旅行家一样在生活的沙漠里走得更深更远。

这样的人，无法将最深彻的目光投向粗糙的、笨拙的土豆，无法与更多性情粗粝、笨拙的人往来，无法过更多有丛林有荆棘的、笨拙的生活。

因此，他才把《吃土豆的人》这幅画推荐给了我。

假如连一颗鸡蛋也没有的话

我坐在客厅里读《安娜·卡列尼娜》，正读到列文在去农场的路上，农民用水招待列文：

“嘿，我这特制克瓦斯！怎么样，还好喝吗？”那农夫眨着眼睛问。

的确，列文从没有喝过这种饮料：有绿草叶子漂浮其中的热水，因为用铁罐子盛着，有股铁锈味——老人把撕碎的面包放在碗里，用勺柄把面包碾细，从铁皮罐里把水倒在碗里，又切了面包，撒上盐，面向东方祷告。

“好啦，老爷，我做的面包渣汤。”

面包渣汤味道好得很，列文改变了主意，不回家吃午饭了。

对于食物，我有着无上的感应。那勾引得列文连中饭也不回家吃的面包渣汤，到底是什么味道，我不禁掩起书页冥想了半天，却没有办法得到准确体验。

这一段却读得我肚子有点饿起来。于是起身去开冰箱。冰箱里满满当当排的都是鸡蛋。我随手拿几只，做水煮蛋吃。

水咕嘟咕嘟冒着泡，小小的土鸡蛋在沸水里边一弹一弹，仿佛水太烫了它受不了要跳起来了。

蛋熟了，可是蛋壳烫得不敢碰。又拿一杯冷水，把鸡蛋浸到里面去。不一会儿，我就手拿一个已剥好的鸡蛋，一小口一小口地吃起来。

我吃鸡蛋向来都是喜欢这样一小口一小口的，慢慢地品，因为鸡蛋特有的那种香气，只有自己的味蕾能够体会。文字简直无法描述。

是这样的。在闲暇无事的时候，就着一本书，慢慢地吃一只小小的鸡蛋，是一种小小的幸福。

家里人都爱吃鸡蛋。储藏最多的食品之一，就是鸡蛋了。冰箱里，收纳盒子里，都是。有时看着排列得像满坑满谷的士兵一样的鸡蛋，总有一种“丰衣足食”的感觉。

曾经为此打算养鸡。但是城市的院子里不许养。有一年春节前，乡下朋友送了一只母鸡，我们偷偷把它拴在院子角落的一棵树上。不时提心吊胆地去看一下有没有被人牵走做了他人的俎上肉，或者被看门人给捉住“送官”或“报警”。这样过了几天，母鸡也没有下一只蛋。我们总觉得它在这里有着强烈的生存心理阴影，蛋是很难生下来的了。于是只好把它送给了亲戚。

我曾经问过不少人,鸡蛋喜欢吃哪种做法的。

西红柿炒鸡蛋——不少人这样首选。

蛋羹。以我姐姐为代表的部分人这样回答。“蒸的时候一定要加‘桂林腐乳’哦。”她还不忘记添这一句。

可是我只爱吃一样——白水煮蛋。我吃了几十年了,从来没有吃厌倦过。估计到八十岁我爱吃的也还是白煮蛋。如果临死前我还能吃得动一只完整的白水煮蛋的话,我会心满意足地闭上眼睛。

白白的,光光的,圆圆的。这样类似的形容词,我向来是禁止自己使用的。因为觉得说了跟没说一样。但是,这几个词,用在水煮蛋身上,却是一点也不俗气,刚刚好。

我还见过一只特别的白煮蛋。

说它特别,是因为它躺在雪水里。所以,除了白白的、光光的、圆圆的,还要加上一个形容词——泥泥的。

是一年里最冷的日子,头几天下过一场大暴雪,现在到处都是融化得极其缓慢的雪水,和着泥,和着石块。路面脏乱不堪。人人都裹在棉大衣与厚围巾里,小心翼翼地挑着路走。

一个流浪汉在我前面慢悠悠走着。他穿着一件极单薄的破毛衣,裤子已经看不出原来的颜色了。他整个人已丧失了生气,与路边的一根电线杆并没有什么区别。只是一根缓慢、麻木、惯性地移动的“电线杆”罢了。

突然,我看见他向前面冲过去。我原本以为他一丝力气也没有了,现在仿佛他被注射了一针针剂,陡然增添了力量与光彩。

在我与他之间的路边台阶前, 地上泥泞的雪水里躺着一只白煮蛋。那蛋虽然是半掩半藏在浑黄的液体里,却看得出是一只完完整整的剥了壳的白煮蛋。

那流浪的人,一个箭步就过去了。他抓起鸡蛋,往嘴里塞。他根本没想到要擦拭一下。

他的嘴巴一秒也没有鼓起来。因为他完全没有咀嚼,蛋已经下到了他的食道里。仿佛他吞咽的不是一只小孩拳头大小的蛋,而只是一只小虾米或小银鱼。

我眨了眨眼。要不是眼睛一秒也没有错开,我不相信他已经吃下一只鸡蛋。

吞下那只鸡蛋后,那流浪的人呆站在银行台阶旁,他的样子依然是麻木太久的无表情, 却又因为一只白煮蛋进入他的体内而发生了难以形容的化学反应——那反应只有目睹这一幕的人才能体会:他的样子仿佛是在回味蛋的清香,就像求婚成功的男人在回味女人答应他的那一瞬间的甜蜜; 他的样子又仿佛陋室平民偶然一尝皇室御用羹汤,除了咂嘴,唯一可做的只有赞美。

那白白的、光光的、圆圆的,又佐以雪水与泥泞的蛋。至高无上的美味啊!

他的样子就那样久久保持不变……

他有多久没有吃到像样的食物了呢?除了破损的快餐盒、饮料袋,馊腐的米饭,或咬得稀烂只剩下骨与刺的鱼头,他还尝过些别的什么呢?

是这只小鸡蛋,等在这里,等着安抚一个空虚已久的胃。安抚一个麻木已久的躯体。

该怎样感谢那只躺在泥水与雪水里的小鸡蛋呢?或者说,该怎样感谢那遗弃鸡蛋的人?那也许是个颤巍巍的老者,一不小心,鸡蛋从他手里滑落;也许是挑食的少年,背着母亲扔掉这种他最不喜欢的食物;也许是个讲究健康生活的女主人,这放了数天的蛋,头天夜里已从她家楼上的窗口飞出……

由一只被遗弃的小鸡蛋去安抚一个被遗弃的人。世界安排何其巧妙,何其悲凉。

我曾问过丈夫:"托尔斯泰在他的作品里写面包渣汤、朗姆酒,曹雪芹写做法无比繁复的茄子或冷香丸,都是活色生香的典范——但是,你读到过哪部文学作品里,有描写鸡蛋的好情节的吗?"

他认真地想了一想,说:"真的,还从没读到过呢。"

真的,那带给流浪汉、带给我、带给无数人安抚与依赖的美味小鸡蛋,为什么没有人描写呢?是它太常见了吗?还是从价格上而言,太便宜了?

可是,最常见的、便宜的,却往往是生活中最有价值的所在啊。

我想起《圣经》里面提到天堂,总是说,那是“流着奶与蜜的地方”。仿佛自从上帝圈定了天堂的定义,说天堂里有牛奶与蜂蜜就够了之后,地上的人们也就都随着上帝这么觉得了。

不,在我看来,这是地上的人们忘记鸡蛋的恩惠了。

而且,在我看来,仅仅“流着奶与蜜的”天堂也许还是有稍许不完美的——

如果那里连一颗小小的温暖的鸡蛋也没有的话。

好邻居乌鸫

乌鸫打算来和我做邻居的时候,我并不知道。那阵子雨水特别多,不必每天都去浇花,我又害牙疼害到天昏地暗,所以当有一天我牙痛好了,满怀欣喜地去给阳台外的花们浇水时,发现我的茉莉花树的根部有了一个既像碗也像过生日戴的花冠那样的窠。那窠用一些很细的树枝以及一些和我花盆里不一样的土扭搅而成,当然,也许还有鸟的唾沫。总之构造虽然简单,倒也有模有样,天然宜居。那时乌鸫还没有入住,我种了很多年、已经快长成花精的茉莉花打出了一些清清秀秀的小花苞,立在清清秀秀的枝头,花开就在眼前了,清香四溢的日子也就在眼前。我看着这个茉莉花下的窠,边猜想着是什么品种的鸟类来此,边在心里想:不管你是何方神圣,总之,挺会找地方。

从此我每天早上都悄悄撩起窗帘看一眼那个窠。还是没有鸟在。造好了新屋又不来,也弄不清是什么原因。等到了第四、五天,都快要放弃去看了,但还是看一下吧,哎呀,那窠里竟然卧了一只鸟蛋,鹌鹑蛋大小,灰白色的,上面有些褐色斑点。我明白了,这个窠是鸟妈为了生娃而特意准备的,类似于产房。也就是说,昨天晚上或是今天凌晨,她开始产蛋了。我就不能免俗地赶紧拿手机拍照,然后不时躲在窗帘后面,只掀开一条缝偷窥。不久就看见一只大鸟稳稳地卧在那只蛋上面。那鸟体型有八哥那么大,也是全身黑,但是鸟嘴是金黄色的,黄得耀眼。黑黄搭配,真是美。这是乌鸫呀——我在微博上关注过一个专门拍乌鸫的人,他真是痴迷,无论晴雨都执着地寻找和拍摄乌鸫。所以我认得这种鸟。院子里树木森翠,上百户人家都有外伸的阳台,乌鸫怎么就挑上我家的呢?我这样想,高兴得简直想哼个小曲儿。

第二天那窠里又多了一只蛋。到了第四天,又多了一只。现在已经有三只蛋了。她还要下几只蛋呢?又是依据一个什么规律呢?我也琢磨不透。

鸟妈非常敏感,以至只要我一拉窗帘,她就立即遗下鸟蛋惊惶起飞,往我窗下小花园里一棵大广玉兰树去。她立在玉兰树最高的枝头,往我这个方向眺望,心里担忧着我们会不会对她的孩子实行伤害。等我把窗帘落下——其实是留了极微小的一道缝隙,她很快便回来了。她先停在我养的一棵杜英树前,那杜英离茉莉大约一米。她转动身体,睁着警觉的圆眼睛四围观察,确定无事,这才落座于鸟蛋之上。这样,她觉得辛苦是不必说,其实我也好辛苦。我只好尽量减少开窗拉窗帘的次数,趁她去觅食的时候赶紧给其他的植物浇下水。我丈夫爱在吃饭时看电视,这电视也不知谁设计的,每次开机时都会有“咚咚咚”的声音提示，非常愚蠢。等发现这开机声也会令乌鸫受到惊扰并立即起飞离开时，他便连电视也戒了。在自己家里也要这样偷偷摸摸的吗？这到底是我们家还是乌鸫家啊？感觉更像乌鸫家呢。我忍不住跟丈夫这样讨论。

这时已经是5月下旬了。我突然感到一种春日将尽却还什么也没有领略的紧迫，于是急匆匆地订了票跑到苏州去玩。苏州园林里鸟也多，叽叽喳喳的，我们就会突然想起乌鸫邻居，不知她怎么样了。

回家第一件事当然是去看乌鸫。一拉窗帘，鸟妈自然离巢起飞，却见那窠里卧着五只蛋。原来一窝要产五只崽。现在母乌鸫留在窝里的时间明显变久了。只要不受惊扰，她几乎不动身。这时我才有幸见到乌鸫爸。有一天早上阳光特别明媚，我突然看见除了窝里有一只乌鸫，我的杜英树上还有一只。这只乌鸫不仅嘴是金黄的，眼圈也是同样的金黄——只有公乌鸫长这样的黄眼圈。他口里衔了条绳子似的蚯蚓，正与他老婆四目相望。也就是说，乌鸫爸虽然不住在这里，但是他也是会来探望，甚至来给老婆送吃的的，只是很难被我发现罢了。

我一直很困惑，乌鸫这家伙既然选在我家做邻居，按理是有诚意的，却又根本不愿意与我们照面。资料上说乌鸫是种极其敏感胆小的鸟，我算是领教够了。我也做好了“直到乌鸫离开，也从来不曾相认”的打算。没想到却有转机发生。有天下了巨大的雷雨，雨速紧得惊人。不远处不时传来噼里啪啦，有东西被风雨砸落地面的声音。我与丈夫的第一个念头当然是“小鸟怎么办”,就算她不会被刮走,暴雨打到身上也得蜕层皮。我想起家里有把破了一角、一直没舍得扔的雨伞,赶紧取出来。丈夫寻了一截红绳子,推开窗户的当口,乌妈还是不顾暴雨,惊飞到对面人家的一扇排气扇上。我们快手快脚地把伞绑紧在旁边栀子花树干上。栀子花肥软,枝干却是遒劲,恰好适合固定雨伞。雨伞之下,那五只毫无动静的蛋显得十分安稳安全。暴雨一过,骄阳又来了。雨伞又顺理成章地开始遮阴。我们才发现,这把伞真是安得完美呀。也许乌鸫妈也是这样想的。因为有一天我拉开窗帘,突然发现她不如往常那般惊吓得飞走了。她卧在伞下,竟然定定地看着我,眼睛一眨也不眨。那样的眼神可真是又沉静又美:既像在观察眼前的人类,也像在思考别的什么。我们的距离连一尺都不到。如果我会鸟语,她会人语,也许我们可以互相问好了吧。我从没有受过鸟儿这样高的礼遇,那一刻真是受宠若惊。

乌鸫最盛大的日子终于来临了。这盛大是由某天清晨五点时响起的一串细微而又细密的音乐宣告的。唧唧唧唧,弱小然而又是惹人怜爱的,几乎没有个停。间夹着的,还有成年乌鸫明亮的叫声。我几乎不在那个钟点醒来。所以我被这声音吵醒的时候,便知道小乌鸫诞生了。我按捺住想看看小鸟的欲望,直等到早上七点多。我本来是想给邻居道个喜送个贺的,没想到一撩窗帘,我还没来得及看小鸟,“啪”一声,一坨东西直甩过来。要不是隔着纱窗,就甩我脸上了。我一看,竟然是乌鸫粪。原来在我拉窗帘的同时,乌鸫妈飞了起来，但她这次既没有飞到广玉兰树上，也不去对面的排气扇，她在我的头顶上方盘旋，怕我侵害她新生的宝宝，母性的激发令她不时发出十分难听的焦躁鸣叫，并且还用她专门制作的“炸弹”警告我。我吓得赶紧退回来。看来再有诚意，邻居与我的交情也还是有限的。

我只能偷偷地观察一下。新生的小乌鸫一根毛也没有，粉红的皮肤，眼睛还没有睁开，只看到一道眼皮缝，可真丑。但是他们已经会喊饿了，不停地唧唧着，一天大约要唧唧二十回。乌鸫父母轮流衔着蚯蚓回来。有时他们空着口回来，大约是一时半刻找不到吃的，又担心离开太久，小乌鸫有什么意外，于是回来看一眼再出门——一下子要养活五张口，还要时刻警惕来自比自己更强大的生物的侵袭。可真是太辛苦了！

那些天我们外出都多了件事，就是爱往潮湿的地方看，希望能发现一条两条蚯蚓给带回来，减缓一下乌鸫爸妈的负担。我小时候干过挖蚯蚓这事儿，如今却根本一条也找不着了。后来我也释然了，鸟敢生那么多，就一定能养那么多，否则早被淘汰了，进化不到今天。鸟类有自己的生存之道。

小乌鸫一天一个样，每天都比前一天大一圈。到了出生十来天，他们几乎和父母一个体型了。那个窠他们是根本住不下了，等我还在想他们怎么不移居到旁边的花盆里住住时，有一天早上丈夫发现少了一只乌鸫，他立马跑下楼。他觉得窝太小，乌鸫住不下，一定是挤出去了一只。他担心乌鸫摔死了，于是跑到正对我家阳台的楼下地面巡视。过了半天他笑嘻嘻地上来,说,没有啊,什么都没有——这也就是说,已经有一只小乌鸫可以飞走了。

又过了两天,窝里只剩最后一只乌鸫了。我心里想,你兄弟姐妹都走了,你咋还蹲着,是不是有点病弱啊。我就用手去扒拉他黑乎乎的羽毛。没想到,我轻轻一扒,他昂昂然地飞起来了。力量之大,速度之快捷,把我吓一大跳。

巢就这样一下子空了。而且渐渐地由最初的青绿变成黑色,有一股被废弃的气息。但我还保留着,给花浇水也尽量小心翼翼地绕开,奢望有一天他们会飞回来过夜,即使不过夜,来故居缅怀一下也可以啊。可是他们从来也没有飞回来过。有啥好牵绊的呢?天地广阔,处处为家。世间万物都是要分开的。他们早就知道这个真理。他们本来就是这样无牵无绊。

所以做邻居这个事情起先虽然是乌鸫单方面的决定, 但到最后,“单方面”却变成了我。我还当他们是邻居,而且是好邻居。我还盼着他们明年再来。

花园有柚果

小花园里的柚树是何时开始掉落果实的呢？大约少有人注意到这件其实很有趣的事。就像我一样。等到我某天早上偶然一瞥，从窗口发现时，柚树下已静静地躺了不少柚子。明黄的柚果三三两两安卧于枯褐的落叶丛，围着它们曾栖身已久的树。看来是离开故乡并不太远呵。我素来并不太喜黄色，一直觉得它有种具有侵略性的躁。黄色被叫作“安全色”，所有在道路上施工的人皆着黄色马甲，也是因其夺人眼目。而我眼前柚子的这种明黄，衬着一地枯叶，衬着因为寒冷而更为沉静的树木，却呈现出生命无人打扰时所特有的宁静。不仅不难看，反而觉得更换任何一种颜色都没有明黄这么有韵味。看来世上没有一种颜色是应该被讨厌的。

小院幽静，少有人来，柚子无人捡拾，它们就一直待在那里，也不迁移，也不腐烂，像一张早就做好的试卷，静静铺在大地上。我每日晨起，看一眼季节给我留的这幅“冬日柚果图”，心里默忆起王维的诗：“雨中山果落，灯下草虫鸣。”从前我只是爱书里这样的句子，现在却转化为实体实景了。果实下落,草虫嘤鸣,大自然永恒上演着这样的生命去来,却并无喧嚣,只是将生命的宁静,显现到了如此近乎庄严的程度。所谓禅意深沉,眼前即是。

并非是我观察力不够,才看不到柚子掉落的过程,而是树木的果实,掉落的时候都是悄悄的,不想被人发现。就像少有人看见开花的瞬间一样。如此看来,即使植物的花、果、叶,以及它所有外形,人类都看得见,植物仍然为自己保留了某些生命秘密。关于此,生物学上也许有符合科学的解释。在我,则宁愿理解为这是植物的尊严。

去拾了园里最小的一只柚子回来,只有我握紧的拳头大小。玲珑得很,闻之有清香。柚果身上有几处伤痕,大约是成长过程中鸟喙的敲啄造成的。这增添了它的风霜感。果实在超市,在出售过程中若有这样的伤口,售价是要打折的。然而我喜欢这样的果实,胜过那些圆满光滑的果实。果实的伤口,恰恰证明了它曾从时间里走过,恰恰证明了它曾经有过的故事。

我想起我身上亦有伤口,平时却是忘记了的。原来是一个身上有伤口的人,捡拾了一只身上有伤口的果实。这也没有什么。果实终究还是结成了果实,我终究长成了我。

且于茶烟缭绕中

英国学者麦克法兰在《现代世界的诞生》一书中提到一个观点,他认为茶既成就中国,也毁了中国。茶之成就吾国自不必说,自从它成为西方社会的一种普通饮品后,茶就与瓷器一样,成为"中国"二字的代称。由此,中国的经济得到飞跃发展,文化也更为西方所认识与接受。

关于"茶"三次毁了中国的论点,麦克法兰所说的第二、第三次也并不特别新奇。第二次是指当西方发现并贪恋上中国茶后,他们只有强迫中国大量购买鸦片方能达到中英间的贸易平衡。鸦片,由此成为中国人的噩梦之一。当西方已掌握茶叶的所有种植技术后,他们不再需要进口茶叶,便又从贸易上彻底抛弃了中国。这构成对中国经济乃至整个清帝国的彻底打击。

麦氏这些成与毁的观点并不算新鲜有趣。但他关于茶第一次"毁"中国的说法却实在令我耳目一新。他认为宋元之时蒙古民族的崛起即与茶有关:蒙古人饮用茶后,身体补充了大量维 C,从而他们才有足够的体力长途跋涉远征整个中国——茶，成了一个帝国毁灭与另一个帝国崛起的先遣军。

我读此书过后，每捧起茶水，对掌中的这一碗茶，便不免要重新打量。于水波的轻微动荡里，当年彪悍的蒙古人大块嚼牛羊肉同时佐以大口咕嘟的茶水（于此我们仿佛得以看见茶水携带维生素于他们体内充沛游走）的身影，刀剑马靴闪烁的光芒，一一浮现而出。

中国人好说"杯水风波"。这一杯水，该也是茶水。那么蒙古人所酿的这一风波，该是要多巨大的杯子才可以盛放。

通过这一碗古今同一的茶，远走的、呆板的历史与我们活生生的素常生活就这样相互交织起来，并于瞬间让我瞥见那碰撞而出的"火花"。

关于茶，各国文学作品均有不同记载。日本人善于将他们的审美发展成极致。在一间只摆放茶具，除此别无他物，且一尘不见的茶室里，喝茶的人席地而坐。他们一言不发，只观看、等待烹茶的人在一套细致冗长的程序后，端给他们的那一小杯茶。于无比洁净、静默的氛围中，从一盏小茶中品出大的禅味。茶成了一种表演与表演中释放的仪式。这是日本"茶道"。

但在毛姆和简·奥斯汀的小说里，遥远英国的那些茶会，却变得热气腾腾，充满人间烟火。那些士绅男女，情俏之后、钩心斗角之后，累了，去围桌喝一碗茶。蕾丝花边、燕尾服，与来自中国的瓷器茶杯，种种精美上流。杯茶之后，情可能更浓了，也可能就此淡下去了。茶是歇息地，也是加油站。茶，是他们生活驿道边的一个个凉亭。马蹄声急，催人前行，暂且停下喝一杯优雅的茶。

而在中国人的生活里，茶，却是最质朴的事物。米与油盐，与茶，没有一家不家常置备着。茶是宫廷贵胄们的，也是赤脚农家的。中国人发现茶这一自然恩物，种水稻种树一般种茶。在以茶叶种植为生的某些地区，人们甚至每年都要按照世俗化的方式，为“茶神”娶亲。他们选出当地最漂亮的女子，送去做“茶神娘子”。“神也要有他的妻”——如此按照人性理解神理解世间万物，是中国民间最擅长的。

连贩茶，也是不少朝代的“龙头”行业。茶商们走南闯北，他们的妻子，就如今天的富婆，时时要在家中担忧丈夫于贩卖一天的茶叶后，夜来带着自己熟悉的茶叶气钻入其他女人的被窝。

中国人把对茶的运用发挥到极致。不仅喝茶水，也用茶梗做枕，用茶叶驱腥臭。有人生病的人家，将喝过的茶叶渣子倒在路边，据说路人踩过，病人即可痊愈。

连茶烹好时升起的那一缕若有若无的烟雾，中国人也是喜欢的。茶烟入诗文入画卷，缱绻袅绕，含义无限。有仙气，有禅意，也有个人感怀植入其中。我记得陆放翁有诗云：“行遍天涯真老矣，愁无寐，鬓丝几缕茶烟里。”说的是江山万里之后，行路之人在夜里与友对坐，两人都已鬓生白发。但都是遍历荆棘的人了，年华如何老去，彼此心中亦都有数。那么往事休要再提，且于茶烟缭绕中饮这眼前的一盏愁茶。

我曾听说过的与茶有关的最真实的故事，来自一位尚健在的高僧大德。某年大师去深圳，当地一富商，迎接大师及众弟子。为了表示虔诚，富商捧出珍藏已久的好茶，敬献大师。见大师呷过一口，富商问：“师傅，茶如何？”大师说：“好茶！”富商又进一步说：“这是二十万一斤的上好‘普洱’。据说这还不算最贵。还有更贵的。”

大师听闻，又道一声：“好茶。”说完，却是再也未饮一口。

回房休息后，大师对随行弟子说：“二十万一斤的茶，不是我们修行人该喝的。”

茶本身并无高低贵贱之分。是人把它做了区分。茶本是清香之物，是人以金钱为尺度，增了它的俗气——这，也许是大师想说而未说出口的。

“口舌之味，通于大道。”道，存于生活的点滴之中。于一杯茶里修行，这是来自大师的“茶道”。

烟

下班时在街口看见个十六七岁的少年，一只手捏包香烟，另一只手拿了一支。他边走边燃着烟，吸一口，不知出于什么原因便把这支烟扔在了地上。

很快地，他又站住，又点一支，又只吸一两口，又扔在地上。

如此反复。不一会儿地上就躺了五六支尚未染脏的、仍在燃烧的洁白的烟。

要不了多久，那包烟就要吸(扔)光了。

不知道为什么，我的心痛起来。他看上去几乎还是个孩子。但是他这样恶狠狠地抽烟、扔烟，完全像个怀抱孤独与仇恨的成人。

我见过抽烟多的人，但是从没见过以这样方式抽烟的人。

我很想趁那包烟还没有扔光之际，走上前去，对他说："来来，让我们一起来吸一支。"

"有什么孤独，请对我说。"

我抽第一支烟,也是在这样十六七岁的年纪。

那时还在读高中。大约是学业压力太重,我又是闷罐子,也不知向别人吐露,因此常常觉得也许还没等到自己出头之日,就要死掉了。心情非常压抑。

那天我确定家里没人之后，便从我爸爸的烟盒里拿了一支烟,回到自己的小房间。我关上门,划根火柴把烟点起来。

自然,我被第一口烟呛得咳起来。但是很快我就适应了。我夹着烟,跷着腿,深深埋在家里仅有的那只旧绿沙发里,感到自己非常酷且有种瞬间获得解放的感觉。

正当我自我感觉良好的时候,我姐回来了。我太沉醉了,以至连她开门的声音都没有听到。我姐推开门,看见我,万分惊讶,只"啊"了一声便说不出话来。

随后她大声地几乎是质问式地问我:"你、你怎么抽起烟来了?你跟谁学的?"

我则满面通红,手慌脚乱地掐灭了那支烟。

我忘记后来是怎样支吾过去这件事的。也许我当即邀请了大我两岁的姐姐也抽一支，她也因此被从未接触过的烟深深吸引?也许我姐随即向父母告状却未遂,因为在他们眼里,我这个乖乖女就像唐僧手里的孙悟空?总之这一件小事就像瞬间的烟雾一样,很快就从生活里消散了。

但是那种被解放的感觉在我心里持续了很久。我知道,是那一支烟的缘故。

酒令我心乱、脸红,并且饶舌。但是吸烟的时候,烟气袅袅上升,我的心却反方向地沉静下来。我手指夹着细长的烟,仿佛思想时有了具体的依靠。

所以人们说"烟酒不分家"是有道理的。它们在一起产生的混合、中和的效果,比它们任何单独一样,都来得有魅力得多。

烟的确可以解放人。有个寡言的朋友对我讲述过一件事情。

很多年前,他到外地读大学,第一年乡思寂寞,他总是渴望见到老家的人。但是他来自一个非常偏远的小地方,从那里走出来的人很少。

有天他打听到另外一所大学也有个来自他们那儿的人,便走了两个多小时的路去那所学校见老乡。

谁知老乡也是个沉默的人。两人坐在寝室里,都没有什么话说,也不觉得尴尬,只是你递我一根我送你一根地抽烟。

最后抽了一缸子烟蒂,我这个朋友带着满身的烟味又走了两个多小时回自己学校。

事后,他们俩都对这次会面很满意。

在这样的场合,烟起了多么大的作用啊。递烟,抽烟,这简单的动作,代替了繁复的语言,并且升华了无法克服的乡情。

有多少人这样依赖于烟啊。

有一年,在异地一家宾馆总台结账离开时,听见服务员对着两个硕大的旅行箱议论,原来有个客人临时决定去俄罗斯,他随身携带到这家宾馆的两个大箱子,只得暂时留了下来。

箱子已经存放得太久了。而宾馆行李寄存是有期限的。于是服务员给那客人打电话,询问如何处理。

大约是主人授意了服务员,隔着柜台,我看见服务员打开了两个箱子。

我们都惊呆了:里面整整齐齐、满满当当地只放了一样东西,香港某个名牌子的香烟。

我至今对那箱子的主人充满了好奇:是什么样的一个人,固执地抽着一个牌子的烟,以至于出门要带这样充足的“口粮”?

他在那遥远的、天寒地冻、只出产辣得要命的烟草的俄罗斯,又怎么对付他那强大无边的烟瘾?

烟是“和气草”——我喜欢民间的这种说法。这里有着对日常事物充满人情味的理解与智慧。

一根烟递过去,打火机点上,深吸一口馥郁的烟香,再凶蛮的人也要和软三分吧?怨气再多也要消解几缕吧?再路窄的冤家也要彼此让个几米地盘吧?

连从前的老电影里,地下党员们接头时,暗号的第一句也总是这样的:

“老板,借个火……”

屏幕上,马上出现了一张叼着未燃的烟的充满正义的脸。这时坐在黑暗的电影院里的我们,立即兴奋地知道,在烟点燃的一刹那,战友得以相见,革命有了新的希望。

我还固执地把烟和智力联系在一起。抽着烟的男人,在我眼里总是有着优秀的智力,因而在我眼里他们总是或亲近或性感起来。

这很可能来自一种错觉。正如玛格丽特·杜拉斯给我们带来的错觉一样——她在许多帧照片上都抽烟,又同时智力超群,因而我们错误地以为她的高智商,是她所抽的烟带来的。

但是在我曾居住过的一条老旧的街道上,我的确曾许多次地发现:傻子(或半傻子)胡乱喝酒的很多。但是我很少看到一个傻子在抽烟。

还有一件与烟有关的事,是我的朋友凤鸣遭遇的。

那时有个男人很爱凤鸣。自然他是抽烟的。

有一年他们夹杂在一大伙人中间出去游玩。那时他们已彼此暗中恋慕,各怀心事,只差捅破那薄薄一层窗户纸了。

中午他们聚在一个小馆子吃饭。地方很小,十五个人坐的是张平日的十人桌。

自然要挤一挤了。

男人把身边的地盘空出一小块,谁坐那儿他也不肯。他抽着烟,乐滋滋的。

去上洗手间的凤鸣回来，看见那一块空地，就搬把椅子坐上去。自然她并不知是男人专门给她留的。

她觉得太挤了，便把椅子往后面拖了拖。

围桌而坐的人，看上去是个满满的圆。凤鸣这一拖，看上去就像有点不高兴，因而溢出了圆圈之外似的，也像存心要监督身旁的男人似的。

但她一点也没有意识到自己的身体语言，就那样把饭吃完了。

没想到午饭之后，男人对她的态度完全转变了。他完全地疏远了凤鸣。

两人就这样，缘分还未接续就断了。

凤鸣心里自然无限惆怅，却也百思不得其解。

多年以后这个谜语才由他们两人的一个共同的好朋友揭开。他对凤鸣说："你那会儿嫌弃人家抽烟是吗？"

"没有啊。"

"那次你们坐一块儿吃饭，他在抽烟，你把椅子拉得那样远，不是嫌人家烟味熏到你了吗？他又是个自尊心极重的人。"

故事就到此结束了。

…………

凤鸣把这段往事告诉我。什么评论也没有，只说了一句：烟气其实是最香的，我怎么会嫌烟熏呢？

眠

失眠者和善眠者，根本就是两个星球的人。在夜里，当睁了或闭了眼，遍觅睡意而不得，脑子里连八百年前的事情也打捞得起，而枕边人却每每鼾声如雷，早已前往“黑甜乡”巡视之时，我不免这样想。

有时我还会修改一句原话是“好女孩上天堂，坏女孩走四方”的西谚：善眠者上天堂，失眠者走四方。因为在世上所有失眠者眼里，天堂应该就是安置一个好眠梦的地方。

人生八苦，失眠之苦应属其中“病”之一项。但失眠究竟多苦，其实是很难形容的。因为它还有另外一个名字，叫作“孤独”。万籁俱寂，连花草也在做梦，石头也在打盹，只有失眠者，仿佛得不到神之祝福的人，被遗弃在世界的边缘。只有思维之轮不停运转，陷于一块巨石刚推上山又落下去的轮回。但这样的说法仍显得有些抽象，有些“不足为外人道也”。那么举个更具体的例子。报纸一角曾有报道，本地一个女人因连续五夜失眠，而终于在第六天清晨提菜篮投水自尽。编辑或许是把这则消息当作吸引读者眼球增加报刊发行量的谈资而刊登,我读完却心有戚戚焉,眼前总浮现一只空菜篮漂浮水上的孤苦之境。又同时忍不住在心中叹道:又一个没有逃出去的比西塔西翁。

比西塔西翁,当然是《百年孤独》里的人物。其实只是书中一个不甚重要的人物,但对于马尔克斯读者里常失眠的那部分人意义就不一样了。这个瓜希拉印第安女人,和兄弟为逃避部落中肆虐多年的失眠症来到马孔多小镇,做了布恩迪亚家中的帮佣。她以为安全了,不久却在一个叫丽贝卡的十一岁外来女孩身上再次辨别出了她与兄弟退避三舍的东西。

> ……她发现丽贝卡坐在摇椅里吮着手指,双眼像猫眼一般在黑暗中放光。比西塔西翁心中充满恐惧和难逃宿命的凄苦,她在那双眼睛里认出了威胁他们的疫病,正是这种疫病逼得她和兄弟背井离乡,永远抛下了他们古老的王国,抛下了公主与王子的尊贵身份。这就是失眠症。

善失眠的人,读到描写整个马孔多小镇染上失眠症那一节,绝对是无法忽略掉,并且忍不住要多读几遍的吧。马尔克斯把“失眠”塑造成了可以传染的,并且只通过食物传染的疫病。于是当镇上人吃过布家做的红色的、黄色的、绿色的失眠金鱼后,整个镇子都陷入了失眠。起先人人都为失眠兴高采烈,因为可以多出更多的时间来做事了,岂不正好。不久马孔多却开始恐慌,因为渐渐地,失眠带来了大面积的遗忘,所有的过往,都一一消失,记忆开始空荡。连桌椅门窗都要贴上标签,牛奶瓶上要写上牛奶的用处,在门上写“上帝存在”提醒人们神灵的不朽。

好在最后,通过神奇的梅尔基亚德斯老头,整个镇子摆脱了失眠症。也就是说,比西塔西翁又一次成功地从失眠症那里逃跑了,和所有镇民一起。

合上书本,我冥想了整部作品。假如删除整个小镇失眠这一节,作品的伟大依然是成立的。那么是否可以假想,是马尔克斯遭遇过失眠的困扰,是对于美眠也即对于某种人世幸福的深重向往促使他写下这短短的一节?

是的,尘世较为真正、纯粹的幸福,食色之外,还应加上美眠。我从前认为美衣也是人世欢乐之一,现在不这样想了——衣服不过是各色皮囊中较为眩惑人的一种。西藏僧侣永远着同一的红僧袍,却举止淡定,参破世间无常。这持久地引起我的敬意。

美眠却仍然在我的“幸福辞典”里,并且因为缺少,而几乎高居榜首。饱满充足,不被中断,完全是“非想非非想”的一夜安眠过后,你会忍不住从被子里伸出一只手来并隔空喊一句话:“世界,你好啊!”

——那情景犹如处于一列安然运行后准点到站的车,忍不住要满心喜悦向车厢外迎候已久的朋友招手。完整的睡眠,带来完整的友善。此时,世界就是一个装下了你所有朋友的朋友。

——也不是说失眠者即充满恶意。但显然,失眠者的世界存在更多虚无、怀疑以及焦虑是肯定的。睡眠,是对一切的修复。而失眠者,深深洞察那些未被修复的部分。另一个小说家卡夫卡,当他睁着追问的眼睛从某张著名照片上看向这个世界,看向他未来的读者时,无须其他说明,我们早已认出,这个自愿浸溺在漫长的黑色里的伟大失眠者。

在马尔克斯这里,失眠症是具有地域性的,因而可以一次次逃离。有如瘟疫,或是某种流行性感冒——这是属于小说家的想象,常常有如死囚越狱,带着某种不可能却又终成可能的神奇。

于是失眠者应该在心底对马尔克斯充满感谢。以为是孤独的,却发现与比西塔西翁,与曾经的马孔多人原来是同胞。大家都是失眠共和国的国民,并且,大家都有着逃离这个国家,泅渡前往善眠共和国的种种可能。

人本来的样子

下午突然变天，风声大作，又下起雷阵雨，雨势之急之大，关窗也来不及。窗外茉莉花盆下，乌鸫今天清晨刚孵出了一窝小鸟。我们直替小乌鸫担心，赶紧找了把旧雨伞固定在花盆上，给它们挡挡风雨。用绳子缠缚雨伞很花了一点时间，这过程中乌鸫妈妈却静静地窝在那里，也不飞走。这样与我们面对面而丝毫不感惊惧，还是第一次。自从半个月前这只乌鸫在我家花盆里选址筑窝，并产下五只蛋后，我们就没有好好开过一次窗、好好浇过一次花了。每次还没接近，敏感的鸟就尖叫着起飞，在不远处盘旋不止，好像“侵占”这个地方的不是它而是我们。而今天，在大风雨中，它大约感到了来自我们、来自人类的善意。

忙乎完，找出一部非常少人知道的法国电影《人啊，人》来看。自从十多年前看过这张碟后，电影那种节制又执拗的气息就令我念念不忘——法国电影从布列松开始，就盛产这种气息。最近我又找到了一版字幕好的。恰好适合这样的大雨天看。

小镇发生一宗十二岁女孩被性侵致死案后，警察局就处于一种无法破案导致的压抑中。警察法拉也是其中之一。他是一个与母亲住在一起、寡言少语、有点呆头呆脑的人。他喜欢邻居女子多米诺,多米诺的男友约瑟夫却是法拉的好友。三个人常常约着一起去吃饭,在海边闲逛,约瑟夫和多米诺都有点看不起法拉,却又离不开这样的一个朋友。调查过程十分琐碎,法拉做了许多工作,甚至远赴英国寻找目击者,案件却似乎毫无头绪。就在这时,上司告诉法拉,嫌疑人抓到了。法拉进到办公室一看,作案的人竟然是约瑟夫。

电影在多米诺失声痛哭中结束。上司他们究竟怎样发现约瑟夫是凶手的,电影并没有交代——可见导演志不在此。实际上,悬疑与破案,只是这部片子的“外衣”,在侦破过程中,借法拉之眼窥视与展现人性,才是电影的核心。多米诺的天性放荡,上司无时不有的一种紧张感,约瑟夫看似爽快的背后却十足变态的心理,法拉看到这一切，法拉也承受这一切——类似于某种背负人类苦痛的“圣徒”。我最难忘怀的一个细节是,法拉根据线索前往精神病院调查,当他从窗口俯看到各种各样呆滞的精神病人在庭院中走动时,他哭了起来。这些病人无一与法拉有关,他是为人类精神竟能扭曲变异到疯狂而哭，为人类要承受的数不尽的、名目不一的苦难而哭。但法拉自身也是一个有欲有望的人,他无比爱慕多米诺,总是用目光远远地迎接她凝视她。但当她向他大胆示爱时，他却拒绝了,因为他有他的道德禁区:多米诺的男友是他的好友。这种由涉小的个人承担的圣徒气质使法拉显得越来越笨拙，越来越木讷。只有当他凝视平原上大片艳丽的花朵，当他抚摸刚刚生下一窝猪娃的母猪，当他骑自行车远行到绿树成荫之地时，他才松弛下来，才露出微笑。

看完电影，去查了相关资料，导演布鲁诺·杜蒙竟是哲学硕士。难怪。难得的是，他并没在电影中做哲学说教，而是用旷远的平原风景、废弃的古堡，以及空无一物的街道和房屋来渲染压抑与无望的气氛；又用既不帅也不俊，只是有些呆萌的男主角法拉来呈现人“本来的样子”。

电影看完并不轻松。心里惦记着小鸟，又去窗前看看。雨伞下，乌鸫妈妈抬头与我相对，并不畏惧。只不过为它提供了一把伞——鸟类感知善恶就是这样单纯直接。而人性、人性的善恶就没有这么简单、这么易于辨别了——布鲁诺·杜蒙想说的，也许就是这个。

北野武的两段旅程

连着看了两部北野武自编自导自演的电影,《花火》和《菊次郎的夏天》。《花火》是很丰富的一个电影,看得人几乎要抑郁,可是在那抑郁之下又有克制的诗意与人的柔情的漫溢。这一切组成了一个似乎随时要炸开的圆球，每个看完电影的人都在心里揣着这个球。

北野武饰演的警察,不知道世上还有没有比他更惨的人。女儿早年夭折,妻子癌症晚期已病入膏肓,治疗所耗不菲,不得不借高利贷以维持生计。这是家庭。而工作也是非常黑暗。在执行任务的过程中,最好最默契的搭档崛部严重受伤,治疗后只能终生在轮椅上度过。另一伙伴田中中枪去世,留下孤寡的妻子。警察觉得自己有负于战友,内心饱受痛苦煎熬,他决定结束这一切。他精心策划了一次银行抢劫,用抢来的钱给崛部买贝雷帽,接济田中的妻子。随后,他带着妻子踏上了一段旅程。在路上,他们看花赏雪,烧烤泡温泉,仿佛蜜月旅行。在海边,警察在击毙那几个前来追债的黑社会人物后,留下两粒子弹给自己和妻子。这真是一个残忍至极而又似乎别无选择的结尾。

北野武用画面外那两声冷酷的枪响告诉观众,生活中很多困境是无解的,唯有等待死亡来了结它。然而在这危险的等待中,一个人的绝望,一个人赴死的决心,可以像北野武这样呈现。在片中,警察几乎全程无话,语言的克制与俭省使他的行为产生极大张力。而崛部在遭遇伤残与妻女的离弃后,内在的郁愤需要一个出口。他在轮椅上开始作画。画的主题全是花朵,明黄的向日葵、浅紫色的鸢尾……花是不息的大自然,花是遏制不了的生命。崛部是警察最好的伙伴,他这些花朵盛放的画便成为对警察内心的另一种刻画。生与死,都同样浓烈!

这虽然是北野武虚构的一部电影,却让我时时想到岛国另一个真实的人——三岛由纪夫。1975年,已成文豪的三岛决定去死。他前后筹划了一年多,整理清楚所有的文稿,给家人分别写遗书,又招募能够帮助自己去死的伙伴,最后他终于以"兵谏"的形式自杀。可以说是完美掌控、实施了自己的死亡。

一虚一实的两个人两件事,同样都是为自己的死如此冷静如此周全做准备,同样都是从容前往明知没有回程的旅程。岛国人的"死亡观"真是石破天惊。

虽然几乎没有勇气接着看北野武的下一部,生怕还是一个"丧"的故事,还是点开了《菊次郎的夏天》。没有想到的是,这部

1999年上映，濒临世纪末的电影，却是一个温暖到近乎童话的故事。虽然故事开端仍然是有些沉重的：与奶奶一起生活、始终郁郁不乐的小学生想念远在他乡的母亲，他准备独自去寻找妈妈。善心的邻居大婶不放心，便让自己终日混日子的丈夫陪同一起去。于是，萌萌的小学生正男，痞痞的大叔菊次郎，踏上了寻找正男妈妈的路。路上遭逢的事情有善意，有窘迫，有逗乐，也有暴力，而且虽然找到母亲，两人却发现她已另有家庭不便打扰，只得怅然踏上回程。这一切都使两人关系由生涩、隔膜，渐至默契与彼此关爱，有如父子。到最后，回到所住街区，两人分手。孩子又转身喊住大叔："你叫什么名字呀？"大叔说："菊次郎。他妈的。再见！""他妈的"是大叔的口头禅。高兴的时候烦躁的时候他都说这句。这回大叔是高兴的。因为当一个孩子想要记住你的名字，证明他已把你添加进了他生命的好友群。

我也是一路看得高兴。两个年龄、心思与性格都差异极大的人碰撞出许多喜剧的火花，虽然是很多电影编剧惯用的路数，这一对却还是令人感动。心地透明的孩子，有点小坏却充满童心与情趣的大叔，以及一路上那么辽阔的海边风光，加上久石让的配乐，这片看得真是心旷神怡。

两部电影一复杂一简单，都是出自北野武。这也证明了一个电影艺术家创作的丰富性可以这样强大。但两部电影也有共同点，那就是它们最重要的部分都是主人公踏上了一段改变故事走向同时也改变自己的旅程。它们都有着“公路电影”的架构。《花火》是终点可见的一段无归路，当死亡的终点像一座终年积雪的山脉一样伫立眼前时，一路上的境遇无论温柔还是暴烈，便都显出了人生的冷酷和冷峻。而《菊次郎的夏天》却是在无果的寻找之后，仍然有人性的温度，就像夏天的万物一样自由生发与存在，他们的回归显出温暖的质地。而路上发生的事情和遇到的人们，在这质地的衬托之下，类似于童话，单纯，明朗，澄澈见底。

两部电影都是北野武1993年遭遇严重车祸后的作品。那次事故导致北野武面部神经受损，成了一个永远不会笑，并且右脸颊不断抽搐的面瘫人。与死神擦过肩的人，对于生死的态度也许表面上并不会有很大的转折，但是对于艺术家而言，却有可能是对自我创作源流的一次内在却深刻的更新。在此意义上，生活中总要遭逢的那些挫折、摧残，乃至重创，都有可能是更大的馈赠。

读书时刻

下午重看里尔克的《罗丹论》。这篇文章自从读了梁宗岱先生的译本后,其他人的翻译就再也没法看了。这本书前几年丈夫出差落在旅馆里,从此成了我的一块心病,一直耿耿于怀。在网上书城频频搜索,看见的版本却都不是梁先生的翻译,因而毫无购买欲。没想到前几天整理书架,几乎不可能地,竟然又翻出一本。1984 年成都美术出版社出版。封面的绿色都有些褪脱了。我不记得我怎么会有双份,总之如获至宝。跟丈夫规定,此书不许再带出门。

里尔克年轻的时候作为私人秘书追随罗丹一两年, 其后他以诗人的禀赋与见识、以不逊于刻刀的有力的笔写下这篇关于雕塑大师的最杰出的文字。罗丹有几十年都是“闷声”研究一切雕塑技艺,不与外界发生任何联系或来往。里尔克将罗丹的这种状态称为在“追寻伟大事物的恩惠”。

读到“伟大事物的恩惠”这几个字,我一下子把书合上了。牛反刍的时候是否闭着眼睛以便更专心呢? 反正我“反刍”时是这样的。

里尔克的笔力太像雕刻了,以致作为读者的我,把这不长的文字读完也觉得消耗巨大,因为读时要拆解,要品味,更要尽力消化,这一切都要消耗——这是人们爱看畅销书的原因,因为不费劲。可是我觉得要费点劲的读书,才算真正的读书。

晚上在电脑里扒拉半天,找了《何时是读书天》来看。在佳片如云的日本电影里,绪方明导演、田中裕子主演的这部电影并不是最令人难忘的。最多处于“第二梯队”吧。但是我喜欢电影的名字,喜欢田中裕子,我也喜欢那种淡而悠远的电影气质。

故事其实很简单。田中裕子演的大场美奈子一人兼做两份工作。早晨是小镇的送奶工,每天黎明即奔走在依山而建的小镇居民门前。等送完新鲜牛奶,大场回家换上素净的衣裙,骑车去超市。她是超市的收银员。夜里大场在家读书,为《卡拉马佐夫兄弟》洒泪。她保持着这样有规律的生活,五十岁了一直独身未婚。和所有大龄未婚女性一样,大场对此保持缄默。只有一次,大场在母亲的老同学、作家渡边老太太家喝酒,大场喝得有点高,她对渡边说:“我并不孤独。”

大场并非没有所爱之人。十五岁时她与同学高梨槐多正在交往,却发生了一件彻底改变两人命运的事:槐多的父亲在山路上骑自行车,后座上搭的是大场的母亲,在山路的危险拐角他们出了车祸,双双而亡。原来两人竟然是情人,当时也不知是要往哪里去。

槐多因此做了决定,此后一定“要过一种平静的生活”——而如果是和大场一起,平静是不可能的。他转而娶了孱弱的荣子。荣子一直身体不好,卧床不起,槐多毫无怨言地照顾她。可是荣子在记事本上偷偷写道:“我并不了解这个一起生活了二十六年的人。”

大场自此再也没有爱上别人。但是大场也有自己的理想或者说决定,那就是她要在小镇生活一辈子,给每个居民送去牛奶。她把爱放在心里,从不言爱,但是她会喝掉槐多喝剩放在奶箱里的牛奶,一点也不嫌弃。

荣子知道自己寿命不长,想要在自己死后让大场与槐多一起生活。于是她在自家牛奶箱里给大场留字条,撮合他们。等到荣子去世,大场勇敢地戳破了“窗户纸”,槐多也终于破除内心禁忌。他们在雨中拥抱在一起。两个中年男女获得或者说接续上一份少年之爱,他们都有劫后重生的激情。

第二天槐多醒来,发现大场已经照常去送奶了。他环顾大场这间卧室,有了巨大的发现。卧室整整一面墙都是书架,上面摆满了书。他一路看过去,全是大江健三郎、夏目漱石、三岛由纪夫,以及《卡拉马佐夫兄弟》……

路上大场听说有人落水,救护队正在打捞。大场隐隐觉得不对,她冲到近前一看,原来真的是槐多,他为了救落水孩童而牺牲了自己……

大场还是每天送奶。她来到渡边老太太门前,当老太太问她往后有什么打算时,大场回答说:“回家读书。”

最后这一笔,算是点题,点出了片名由来。故事到这里差不多就结束了。

在这部电影里,“读书”这件事导演所费笔墨其实不算多。但我还是觉得这个片名取得不错。读书这件事,对于大场这个人来说,应该还是蛮重要的。否则她不可能如此平静面对自己曲折的爱,不可能如此有规律地生活。在书里她为自己的命运找到注脚,以至即使悲苦,面对它时也并不畏惧,而是选择承担。

我又想起里尔克的“伟大事物的恩惠”。在她的读书时间,在她的读书天里,大场一定得到了来自书籍的某些伟大事物的恩惠。

不语似无愁

波兰电影《艾迪》,有一个最主要的情节颇能让我想起白隐禅师那个著名的私生子故事。艾迪是个在城市里收废品的普通人,因为爱读书,被卖酒的两兄弟叫去给他们十七岁的妹妹做家庭教师。两兄弟向来霸道凶残,近似黑社会。他们的心理活动是,艾迪长得丑,又穷,不会给漂亮的妹妹带来危险。谁知妹妹早已经与他们的生意伙伴、一个每周送酒来的吉卜赛男人有私情。不久,妹妹有孕,被两兄弟发现。他们暴跳如雷,逼问是谁干的好事。妹妹想要保护情人,随即想起家庭教师,便说:“是艾迪。”两兄弟立即去找艾迪算账,艾迪为了不出卖妹妹,没有作声。他们残忍地阉割了艾迪。不久妹妹生下孩子,两兄弟拎了婴儿筐来找艾迪,限他一周内带着孩子离开此地。艾迪什么也没说,带着孩子,还有自己收废品的搭档、好朋友尤里克,回到阔别多年的家乡。在这里,艾迪他们度过了一段非常平静美好的时光。直到有一天,两兄弟和妹妹开车找了来。原来妹妹思念孩子,又受良心谴责,说出了实情。这一回他们想来要回孩子。艾迪回屋里长久地亲吻摇篮里的孩子后,交还给孩子妈妈。即使是这样不舍得与不公平,艾迪依旧还是什么也没说,倒是尤里克,愤怒地把两兄弟赔偿的钱掷到了地上。

白隐禅师几乎是遭遇了和艾迪一样的事,两人做出的反应也是几乎一样的。只不过白隐禅师在两次事件转折时比艾迪多说了一句话,这句话就成为禅宗非常有名的一句话。白隐禅师两次都是轻轻说道:“就是这样吗?”然后就全部地接受了现实。

艾迪可以说是一个波兰的当代“白隐”。当然,他与白隐也有不同。白隐的日常主要是在乡下修行。艾迪则是个城市收破烂儿的。艾迪读过很多书,在等待废品过磅的间隙他也拿着一本书看。尤里克问他:“你看书有什么用啊?”艾迪回答说:“可以得到安宁。”

尤里克不太懂,但是这不妨碍他们成为生活中最靠谱的朋友和搭档。尤里克捡了一台全新的电视机,他太高兴了,虽然两人住的地方连电都没有,他还是宣布这是“非卖品”。他对艾迪描绘他最想要的生活,就是“有三台电视,一台放卧室,一台放卫生间,一台放厨房。三台电视都有四十二个频道,想看哪个看哪个”。这样的理想,每个人在自己物质匮乏的时期都会有。但是艾迪对这样“美好的理想”完全不动心。在尤里克眼里,艾迪是个搞不懂但又叫他崇拜的怪怪的哥们儿。

比如,艾迪看见一个孩子非常垂涎一种汽车玩具,却又买不起,天天来店里看一眼。艾迪回家打开旧冰箱,冰箱里并没有吃的,他看到书橱上放满了自己收来的旧书,拿个袋子把书装进去,拎到二手书店。尤里克不解地跟着,问他:“你不是喜欢这些书吗?”艾迪说:“有时候为了某些事还是要卖掉的。”他把卖书的钱拿去买了汽车玩具,放在孩子家门口。两人偷偷躲在楼道拐角,欣赏孩子回家发现玩具时的狂喜。尤里克说:“六十五块买个玩具!你是过圣诞节吗?”艾迪回答说:“圣诞节什么时候想过就可以过。”

艾迪和尤里克之间有点像堂吉诃德与桑丘·潘沙的关系。他们都是朝夕相处,但其实彼此相差还是挺远的。这“挺远”的一点就在于“内心”。艾迪接受一切现实,穷,被欺凌,被剥夺,但是他不愤怒,他也几乎不设想将来。尤里克长期不回家乡,是因为多年前他的女人被另一个男人抢走了。两人结合之后却没有孩子,成为憾事与哀伤。现在这个男人看见艾迪带着个孩子如此平静地回来,内心有点惭愧。他们两人在屋子旁边有段交流,男人最后感叹地说:“没有想到我有一个女人,却没有孩子;你有一个孩子,却没有女人。”艾迪回答说:“这就是生活。”艾迪全部的人生观都在这句话里。无须选择,生活给你什么就是什么;无须愤怒,承担“现在”就是真正的生活。不选择,就是选择,甚至比选择更有力量。

白隐禅师说:“就是这样吗?”而艾迪则说:“这就是生活。”两人的话如出一辙,都是深具禅意。过去不忆,未来不想,当下不执着——这是禅宗的态度。白隐是日本十八世纪著名僧人,他有一句好诗,“不语似无愁”,用于形容平静如水的艾迪,也是非常贴切。

善哉，夫妇

春天末梢时，赶着去了趟苏州。像我这样的书虫，苏州诚品书店当然要去打卡。难受的是大陆出版的书我不必千里迢迢从这儿往家带，台版书又超级昂贵。最后只淘了本台版《自己的房间》作纪念。书没有多淘，好在诚品里的美食也没有辜负人。去吃的是位居一楼门口的“眷村桃园”，一听店名就知道是台湾风格。进去不假思索点了网红油条与咸豆浆。落座片刻，服务小哥斯文有礼地端上炸得金黄饱满的油条。这店颇细致，因油条分量足，又胖又大，于是他们一切为二，各有半尺，用小圆盘子分装。与丈夫两人各吃一盘，刚刚好。

回味这场景，总想起一部 1955 年的日本老电影《夫妇善哉》。里头森繁久弥和淡岛千景饰演的夫妇常去大阪一家小食店吃东西，所吃的是一种叫作“夫妇善哉”的红豆年糕汤。传说当年一休师傅吃了此汤后叹道：“善哉善哉。”电影片名也来源于此。据说红豆汤要熬八小时，然后在当中卧一个白玉汤圆。听上去这也就是道费时稍长的大众甜品,但它的特别之处是呈现在食客面前时的形式:上此汤时只用一只托盘,里面搁两只小碗,不能一碗一碗分开上。寓意当然是夫妻同甘共苦,吃啥都要在一起。电影上映后,这家小食店成为大阪最有名的景点,人人都要来此吃一份"夫妇善哉"汤。

以食物喻示家庭、情感,一家子人坐在一起吃这吃那,让味蕾拥有共同的记忆与感受,日本电影最擅长于此。小津电影里的秋刀鱼、茶泡饭,是枝裕和电影里的拉面和寿司,都是他们反复用到、几乎莫逆于心的点睛之笔。这部《夫妇善哉》讲述夫妻之情、男女之道,选取这一款叫作"夫妇善哉"的红豆汤,更是神来之笔。

叫柳吉的富家少爷爱上艺妓蝶子,遭到保守父亲的强烈反对。柳吉出走,却无法独立谋生——纨绔子弟离家后多半只能吃软饭。蝶子只得重操旧业,去旧东家处给客人弹琴唱歌维持两人生计。柳吉任由妻子人前卖笑,自己则三天两头去酒家买醉,回来则愿意花一天时间炖山椒海带或是别的东西吃。如此沉迷物质生活,柳吉身体渐差,不久发病,割去一个肾。即使这样,父亲也没有施以援手,全仗蝶子咬牙应付。柳吉父亲病危成为电影中的转折。柳吉想趁此与蝶子假离婚,以求得父亲最终谅解,从而继承丰厚家产。蝶子的希冀却是取得正式名分,因而她连假离婚也拒绝了。两人的愿望都落了空。父亲大约是最固执与守旧之人,即使将死,也不肯转身,不仅不同意二人婚事,又把家产赠予养子。养子同时也是未来的女婿。柳吉希望落空,蝶子更感到自己一直以来苦苦支撑,四面笑脸,为的就是获得一个正式身份,终了却是身心俱疲,大梦一场,于是开煤气自杀。幸得柳吉及时发现，将蝶子救转过来。经历此事，柳吉成熟了许多，决意从此与蝶子好好生活下去。影片结尾，二人从小吃店出来，外面飘起了雪。路过土地庙，蝶子欲进去参拜，柳吉一把扯住她，意思是参拜那么多次也没什么用，现在要靠我们自己了。虽然是拉住了蝶子，二人还是向土地庙鞠躬，仍然是“请多关照”的意思。他们合裹了蝶子的头巾，顶着风雪同回家去。这个结尾平淡归平淡，人们会惊奇地发现，经过这么多波折，他们还是没有消磨或者说丧失彼此相爱的能力，还是携手同行的夫妇，真是善哉善哉。

日本庶民剧一向拍得好。小津、成濑以及后来拍出系列“寅次郎故事”的山田洋次，都是着迷于讲述市井小民如何一饭一蔬，如何婚丧嫁娶，如何活得并不容易可也得活下去。但摄制出来的电影效果，却又依据各人三观而大不相同。小津的是端正与端方，看他的电影总要对人生起一层敬意；成濑则是黑暗，主角不死也要脱层皮，令人心生悲凉；山田洋次的，亲和是亲和，又太喜感了一些——是有些刻意的喜感。而《夫妇善哉》这一部，却是刚刚好——其实我对导演丰田四郎并不如对上述几人熟悉，但是这部电影征服了我。端庄、悲凉以及喜感，它都有。蝶子和柳吉这一对，门不当户不对，性情也大异其趣，照世俗看法，最终结果会是棒不打鸳鸯也要散，二人却数度经历大风大雨，还是彼此撑持，咬牙经历难关，印证了世上夫妇相处之道就是要彼此扶持，是要“端”；但是其中又有不为外人道的艰辛，光看看蝶子对柳吉，家里一分钱没有还是要叫他去喝喝酒散散心，简直无限度的包容，不过是为了维持住一个有感情的婚姻，婚姻悲从中来的“悲”即在于此。可是夫妇之间又有许多小情趣，比如柳吉埋头煮他的海带，蝶子在其身后久等不见他回头，蝶子说：“你不要总看海带，你看看我呀。”——何其习见的家庭场景，何其耳熟的夫妻对话，这便是叫天下夫妻看了皆会心的“喜”。

同样是以食品暗喻家庭与情爱，东西方导演的选择真是大异其趣。《浓情巧克力》里朱丽叶·比诺什开了家巧克力店，最后赢得强尼·德普巧克力一样香浓的爱情。电影通篇都是造型炫美、引人入胜的巧克力蛋糕、巧克力豆。西方人崇尚的甜品，西方式的爱。看这种电影当然也是很爽，像吃一块上好的黑巧克力。但是看完之后你很难设想比诺什和德普在获得爱情之后，接下来会怎么过普通平庸的日子。想象力到此为止。因为好莱坞的故事常常就是这样，只有现时性，而没有延展性。而《夫妇善哉》则不同，导演丰田四郎像熬煮红豆汤一样，把一个凡俗的东方市井故事小火慢炖，不炫目，也不盛大，小小的一碗端到观众面前，吃下去暖胃又暖心。更重要的是，即使电影结束，你依然完全可以设想此后蝶子和柳吉的生活，如何柴米油盐，如何细水长流，如何争执，如何恩爱，如何在兴致来了时，一方会对另一方提议说，走，去街角喝一碗红豆汤去。

因为，蝶子和柳吉，就是你和我，就是天下多数夫妇。善哉善哉。

清水明月的优美

中年以后,似乎隔些日子不听到一则熟人或是耳熟的名人的死讯已不太可能。前阵子日本导演是枝裕和的御用女演员树木希林老太太走了,我顾自难过了一回。老太太演技好不用说,做人保持个性、酷冷到底却是难得可爱。老太太患乳癌近二十年,最后全身扩散,拍个长时间的镜头都要歇息很久。不仅视其如母的是枝裕和,即连观众如我,也是有些心疼她。这两天又传来阿涅斯·瓦尔达的死讯。阿涅斯去世我倒不是太难过,九十高龄不说,关键一直没病没灾,生机勃勃的,八十九岁时还拍了那么好玩好看的《脸庞·村庄》。奥斯卡评委也很凑趣,新近刚给这位新浪潮电影"老祖母"颁了终身成就奖。一生也算活得春风骀荡,尽兴尽情。

纪念这些挚爱艺术家离开尘世踏入仙界最好的方式,当然是观赏他们的作品。阿摩司·奥兹去世时我拿出了那本厚如砖头的《爱与黑暗的故事》,此前这本书一直是当收藏品一样摆放在书架上。太厚了,厚得可以当打人工具。这回还未读毕已是惊艳。惊艳得简直要感谢老先生去世——他要不去世,我真没有勇气去读那么厚的书。电影人去世就“好”多了,一部代表作耗时也不过两三小时。当然,自杀的胡波是个例外,他的《大象席地而坐》整整四小时——我怀疑他如果把电影拍短一点也许就不会这么年轻即决定去死。四小时的电影里,他可能把想跟世界说的话都说完了,想想此后无话,只好跟世界说再见。我在视频里看“金马奖”颁奖会,李安把最佳影片奖座交给胡波的母亲,并搂住那可怜母亲的双肩,不禁也随之落泪:一个可以表达的抑郁症患者,相比那些至死沉默的病人,毕竟还是留下可堪回首的记忆,毕竟还是没白来世上一趟。

这都是题外话。这回我纪念瓦尔达老太太,是重温了一遍她七十岁时拍的纪录片《拾穗者》。老太太真是有趣之人,扛了摄像机跑遍法国,从米勒的油画《拾穗者》带给她的灵感开始,将“捡拾”这一主题扩大,追寻、探访那些丰收过后捡麦穗的人,随潮汐涨落赶海的人,树下捡苹果、地里掘土豆的人,以及城市垃圾箱旁捡旧冰箱、电视机的人。所有这些拾荒者,都不是出于贫穷,而是出于凡物不能浪费的理念。他们不使用也不购买新东西,因为路上捡到的已经足够用了。消费社会若是一个大胖子,这些拾荒者则是在竭力为社会减肥减负。面对瓦尔达的镜头,他们不卑不亢,令人肃然起敬。镜头最后追踪的一个“拾荒者”,应该是瓦尔达老太太意味深长的安排。这个专门去市场捡拾商家丢弃的蔬菜、面包用以果腹的中年人,如果电影不交代,你会以为他是身无长物的流浪汉,然而其实他是个法国大学助教,白天他去捡拾,夜晚则来到难民营,免费教那些黑人难民法语。

这个衣着朴素,有足够学历,足够文明的人,穿行在清晨五点钟的市场,俯身捡起一块即将过期的面包,和寻常一样往嘴里送,即使镜头对准,他也完全没有想要有所遮掩——他也许还希望被更多的人看到,以此带动更多的人来践行这样的生活。我看着,想,这场景多优美啊,不是鲜衣怒马的美,不是万众瞩目的美,而是清水明月的美。

这就是清贫之美。

外婆艾丽

最近视力急剧下降,看电影时间一长眼睛发涩。于是晚上选了部美国导演的喜剧作品《与外婆同行》来看,原因是看之前我瞅了眼时间,片长七十八分钟。一个非常有弹性的长度,既不会短得装不下足够的内容,也不会长到令人频频想去上个厕所,吃个东西。片子据介绍说是2015年“美国十佳独立电影”。

我其实并不太清楚“独立电影”指的是什么类型的作品。看完才发现,我满意的不只是它的长度,电影本身也很值得一观。简而言之,我喜欢外婆艾丽这个人。艾丽是个曾经写出过杰作,但又早已过气的诗人,她的另一个身份是同性恋,刚刚跟相处四个月的美丽女友分了手。艾丽一出场带给我们的印象就是:穷,毒舌,脾气大,有点“男人婆”……完全脱离了温柔、慈爱这些“外婆专属”名词。外孙女萨琪是十八岁的高中生,意外怀孕,想要堕胎却又没有钱,于是不得不来找外婆帮忙筹钱。艾丽脾气坏是坏,却很肯两肋插刀,带着这个娇滴滴的外孙女四处奔走,去向各色人等借钱。其中有一直欠艾丽钱没还、开文身店的变性女人;有一直垂涎艾丽珍藏的初版书的女老板;有最初不了解艾丽性取向,后来知道了迅速与她分手,随后又娶了四个老婆,现在又恢复单身的前夫;还有艾丽冤家仇人一样的女儿,也就是萨琪的妈妈……祖孙俩一下午把这些人找了一圈,实际上是通过这些人物把艾丽作为同性恋的一生给巧妙拼凑了起来,并将之呈现给年轻的萨琪,以及镜头前的观众。

无论东方西方,家有同性恋,在很大程度上都是种异样体验。还记得李安《喜宴》里郎雄和赵文瑄这对父子为了回避"儿子是同性恋"这件事所演的那一场大戏吗?这还算好的,父子毕竟一个在中国台湾一个在美国,处于鞭长莫及的远程距离。真正令人忧心的是日日面对与相处。家人们只能是抗拒、淡化同性恋亲人或是与其老死不相往来。藏着掖着的结果必然就是压抑与压抑之后的一触即发。前一阵我被一部叫作《日常对话》的台湾纪录片打动,也就是被这种日常无所不在的压抑所震动。一位叫黄惠侦的女导演自小就知道自己母亲的同性恋身份,却一直无法面对。直到她成为导演,更重要的是她成为有足够阅历与经历的女人,她开始以母亲为拍摄对象,探寻母亲的内在与外在世界,同时也完成对自我、对不快乐童年的救赎。在片子里,身为同性恋的母亲,面对女儿的发问与镜头的追逐,大部分时间都是软弱的沉默。沉默着躺在黑暗里,沉默着坐在餐桌前,对面是同样沉默的女儿。也许沉默是黄妈妈这类人唯一的面具,后面是她自己一生也不能解释的秘密与耻辱。

黄家这种局面真是谁都能理解的，生活中谁也不能把这事儿当盘菜一样端到桌面上来。但是《与外婆同行》则看得我非常欢乐。我甚至好想让可怜的黄妈妈去和外婆艾丽聊一聊。因为艾丽全然不是这样的人——她就是把自己的身份当作桌上的一盘菜，并且是大菜。怎么的吧——她潜台词这样说。非常强势,非常正当。她不藏掖自己是得益于她是个诗人吗?因为据说诗人是睿智的。但也难说。总之我们见到的艾丽思路清晰,敢于出击。为了维护自己的权利和尊严,艾丽始终像一根针一样,见人就扎,并且针针见血;她并不躲藏,她是爽朗的、坦率的。外孙女对于堕胎有着来自宗教的阴影。但是外婆说:"和你一样的有成千上万的人,难道她们都要下地狱吗?地狱里挤得下这么多人吗?没这事!"我喜欢艾丽这种一句话式的透彻,远胜啰啰唆唆一大套道理。

影片结尾,艾丽帮助萨琪处理好了这件麻烦事。她打了一辆车独自回家。中途路过女友的家,她很想进去看看,于是预付了车款,请司机等她五分钟。她去见了女友,女友和父母正一起共进晚餐。艾丽瞬间清醒了,退出来。她回到门口,真是见鬼,车不见了,司机拿了钱跑掉了。

艾丽想骂人。这是累极的一天:为外孙女操碎了心,又和那么多人开撕过,泪也流过了,告别的吻也吻过了,她真是没有力气走回去了。可是生活不就是跟这位出租车司机一样,经常或有因或无故地爽约吗?你能找谁论理去?

艾丽自嘲地笑着,嘴里哼着调儿走回去。夜很长,路也很长。艾丽摆着手，好像在和自己聊天，也可能是在吟诵自己那首成名的诗,那首诗帮她赢得了女友的仰慕,那首诗叫作《蜻蜓》：

蜻蜓的翅膀有如诗人神经灵动而敏感/当被爱情捕获时/便是要折翼也心甘情愿了吧……

艾丽并不感伤要一个人回家。人活得再久也是要一个人回家的。这没有什么。

无尽夏

昨夜刚刚入睡，一只不知何处飞来的甲虫突然像猴子抱树一样“搂住”了我右手的无名指。大惊醒来，再也无法入睡。想着甲虫都这么活跃与“猖狂”了，真是漫长的夏天要来了。

下午突然很想再看一遍侯麦的《沙滩上的宝莲》。《沙滩上的宝莲》就是一个完全发生在夏天的故事，于是搜出来又看一遍，依然怀着不输于上次观赏的、同等愉悦的心情。很难想象这样一部主角基本都是十几岁二十几岁年轻人的电影，却是侯麦六十多岁时拍的。电影里完全找不到枯涩、衰老的印记。相反的，在这部电影里，不老的侯麦和他一向所爱做的一样，他拍沙滩，拍花朵，拍优雅的庭院……这些元素散发出元气充沛的生命气息。

所不同的是，在《沙滩上的宝莲》里，绣球几乎是侯麦唯一表现的花朵，在电影中，多次出现。宝莲和表姐玛丽安刚刚到达这个海滨庭院来度假，两人坐在园子里喝茶。玛丽安老到地聊到自己因刚刚离婚而产生的失意与空虚，十五岁的宝莲则坦承没有男朋友，没有恋爱经验。姐妹两人如此互敞心扉时,正是坐在一大团一大团盛开的绣球花前。玛丽安穿了粉色衣服,宝莲则是穿白,她们身后的绣球是清澈、梦幻的蓝颜色。不说宝莲和玛丽安长得如何美,不说绣球开得如何美,光是这几种颜色配在一起,就是无须多说的夏天的色泽,就是说不尽的美好。

在海边,玛丽安邂逅了五年前的男友皮埃尔,以及皮埃尔的熟人亨利。玛丽安纠缠在两个男人之间。轻佻与深情、深陷其中的狂热与跳出"三界外"般的旁观自己,这些她都有。她是情感成熟女子遇到爱情时的代表。宝莲也遇到了一个让她心动的单车少年,却由于一些"大人"们制造出来的麻烦而初次体验了爱情中的种种情绪:纠结、男女之间从来没有同步过的节奏,以及出轨和背叛……

假期结束了,这场海边游戏里,逃跑的快速逃跑,痴情的还是痴情。不管怎样,大家都要散了。宝莲和玛丽安回巴黎前的最后一幕,还是坐在庭院的绣球花前,两姐妹"总结"着这个假期的得失,相视一笑,因为彼此间的默契与理解。此时她们身后的绣球依然一大团一大团,开得无比热烈,只是颜色已经由她们来时的清纯的蓝渐转成深红紫色了,那些程度不同的深红与深紫相夹杂,令人惊叹大自然在一种花里竟布局出如此复杂的、丰富的,几乎是敏感的色彩,就像身居爱情中的宝莲和玛丽安一样。

我曾听说,绣球花里最受欢迎的品种,叫作"无尽夏"。因其花期比一般绣球要长将近十周,几乎是从晚春到初秋,开满了整个夏季而得名。侯麦让绣球花贯穿了《沙滩上的宝莲》,贯穿了宝莲们整个美好的假期，正是以其美、以其盛开的漫长来喻示人类爱意的丰盛啊。

在侯麦的电影花园里，开满了这样的“无尽夏”。无尽的夏天，永远的夏天。

白菊花还是不肯低头

夜里没睡着，把沟口健二的《西鹤一代女》又拿出来看几段。这部 1953 年获得威尼斯电影节大奖的电影，很多年前第一次遇到时，只几分钟就知道这是此后必定会时常重温的那类。电影里的黑白影像，三味线特有的那种随时要断的弦音，田中绢代的形体语言，以及沟口无与伦比的镜头，这一切通过某种化学反应，聚合成一种能把人紧紧拽住，叫人浮不得、躁不得的力量。那力量是往下拽扯的，直拉着人往人心里去，往海心里去，往地心里去，叫人想要一探生存更深处的究竟。

故事我已经很熟悉了：阿春年轻时是宫内侍女，冒犯规矩与武士相爱，武士被杀，阿春也被贬回家中。恰逢领主遣人来她家乡一带选妾，阿春因美貌懂规矩而获选。她给领主生下一个男孩，这成了她再度被遣送回家的原因，因其已帮助领主完成传宗接代的任务。阿春回家，世故而贪财的父亲厌憎她，迫她去了妓馆。阿春性傲，开罪客人，老板根本不能容留这样的女人。幸好遇到卖扇子的忠厚男人有意于她,阿春遂与他结为夫妇。谁知男人出门做生意竟被强盗劫掠杀死,成为寡妇的阿春走投无路,去一个富人家帮这家太太梳头,却遭太太嫉妒而再次被扫地出门。阿春想要皈依佛门,却被女尼误会。寺院待不下去,阿春不得已靠弹三味线乞讨。有一天,在远远看见自己的儿子一眼之后,又激动又冷又饿,她昏倒在地。几个年老色衰的卖春女救了她,阿春也因此入了这一行,在不断地遮羞之中出卖肉体维持生活。此时儿子已经长大成人,即将成为领主的他不允许有个卖淫母亲,阿春被允远远看一眼儿子以做个母子间的了结,再次肝肠寸断。

影片最后,老迈的阿春看破世事,成了托钵尼沿路化缘。敲开门的人家,给食物也好、不给也好,高看她也好、低看也好,阿春都是无悲无喜,波澜不惊。寺庙塔尖在不远处高耸,阿春合十作礼,继续往前。

这真是个彻头彻尾、令人不寒而栗的悲剧。从一开始,田中绢代饰演的女人阿春的生活就可以说是没有最衰,只有更衰。每一步背后似乎都有一个魔鬼在跟随作弄,想要整死她。然而这部电影的伟大之处也在于,阿春总不肯死,或者说,连头也不肯低。为了活着,她拼尽了全力。就像晚秋的白色菊花,尽管天寒的消息早已渗透每一角落,还有秋风一刻不停地吹刮,白菊花还是不肯低头,还是要开。

今晚重温的一个情节是,阿春做了卖春妇,年老色衰,无人问津。她倚在砖墙暗影处,以头巾遮面。一个老者过来要领她去。她带了一线希望，几乎是喜悦地跟着。进了屋，老者招呼四五个年轻男子来围观阿春，并“教导”他们说，你们想知道人生苦短，看看这个老妖婆就知道了。原来他是用阿春来警示这些男子的。阿春本还是头巾一直遮着脸，此时她接过钱，几乎是坦然地面对了那几个男子。她去玄关处穿鞋。想想，又带着轻微的讽笑回到几个男子前，出乎意料地，她冲着他们，竟然做了一个鬼脸。一个看似与她的年龄、她悲酸的经历都不够相称的鬼脸。然而，我觉得这个鬼脸又是最恰当，甚至最精彩的。乞求他人哀怜是不可能的，即连同样生活辛酸的人也当她是一个笑话；乞求命运的转机或垂怜也是不可能的，她哪样苦痛没有经历过？那么，就对命运做一个鬼脸吧。即使天要亡我，我偏要叫自己不亡。

复习完这个情节犹觉不满，又去搜索电影的相关资料。竟真有有心人上传了年老的田中绢代接受采访的珍贵视频。这位年轻时脸容犹如花开一般饱满的演员，此时脸颊已松弛，眼睛还是熠熠有神。她面对镜头侃侃而谈：“作为一个演员，我当然是向往荣誉的。但是我更愿意做的事，是帮助沟口导演成为世界上最伟大的导演。”彼时沟口已因白血病去世——有些至关重要的话，原来是这样，是要在人已离去之后才说得出口。但是，说与不说其实也是一样的。沟口早已助力田中成为最伟大的女演员。她则帮他成为最伟大的导演。英雄相惜，莫过于此。完美合作、彼此成就，此亦是典范。绝不是谁提点谁，谁仰赖谁那种，而是交相辉映，不可或缺。与此类似的还有小津安二郎和原节子，成濑巳喜男和高峰秀子。他们都是二十世纪五六十年代的日本电影搭档，影史的一代传奇。那是多么辉煌的年代、多么明亮的星空啊。

夜色弥漫的书

夜里不睡的好处是,可以听到许多白天稀罕的声音:客厅挂钟的长腿秒针嗒嗒着,像阅兵式上士兵的脚步永远均匀;远处马路上酒醉的少男少女,大声唱歌,想必是勾肩搭背歪歪斜斜的样子;大货车隆隆驰过,向着不知名的前方;楼上人家的鼾声,加速度跌落下来,也完全不会摔碎;更有一只与我同样不睡的怪鸟,嘎咕嘎咕,叫一下停一歇,又叫。几乎可以想象到它是如何卧在树丫间或灌木丛里,睁着它的绿眼睛,编织并诉说着它的心思。

夜的这种丰富,只有如我这样与夜单独厮混的人才能心领神会。而且纵是听这许多声音,心仍是静的。夜,像一块吸音力强劲的地毯,旋即就把这些声音都给吸纳了。夜与昼的区别正在于此,声音令白天更吵,而令夜晚更静。

听了一会儿,随手取了床头书来看。久已养成的夜读习惯,将读书之深趣馈赠于我。《罪与罚》。书签正夹在那一小段:落魄的小公务员马尔美夜晚被马车所撞,血流不止。拉斯柯尔尼科夫正好路过。他刚杀人没几天,内心疯子一般犹豫着要不要去自首。他又癫狂又清醒地,敦促警察把马尔美送回家。马尔美的妻子正边洗孩子们的衣服(他们一家没有换洗衣服,只能夜里洗白天穿),边回想她少女时代昙花一般永不再来的幸福, 只听她愤然骂道:“这该死的生活!”警察把濒死的马尔美抬进了陋室,鲜血弥漫眼前,马尔美的妻子并未慌张,她叫小女儿去找在外面卖淫的大女儿回来,一起帮助垂危的父亲。

这一段雪上加霜的遭际, 陀师傅如惯常一样叙述得滔滔不绝——如果由人口来说出这段,大约是要唾沫横飞的。但他不写这一位面对生死未卜的丈夫的妻子的慌乱,他仅仅写她出奇的镇定。

为什么?常理上遇到此种情况的女人,或是要魂飞魄散,或是要大放悲声的。

我突然非常难受地想,她的心理独白也许是:

“没什么了不起的, 不过是诸多痛苦中又多加了一桩痛苦罢了。”

这一句,仿佛一下与女人接通了心灵似的,一种突如其来的神秘令我合上书。是夜,以其营造的安静、深沉而又敏锐的某种特殊氛围,一种夜之巫性,使我对这个女人,对拉斯柯尔尼科夫,对书中其他人理解更深吗?使他人之遭际,有如我的遭际;他人之苦难,成为我的苦难。他人,即我。

这一本再三翻阅的陀师傅的书, 让我越来越明白他在说些什么。他对世情的洞察,他无休止的追问,他糟透了的死之记忆——

那是钢钉一样铆进他灵魂的,我都读得一清二楚。“该死的生活!”其实他所有书中的所有人都在或流泪或愤怒地说着这样一句话。然而,陀师傅更令人尊敬之处在于,他笔下的人仍然要爱他们做妓女的孩子,要堵住流血的伤口,要把这发胀的生活过下去。

如此暗黑,如此夜色弥漫。然而这正是一本真正的书所应该具备的。

以我有限的阅读经验,一本与夜契合的书,也许正该有这样一些特征:要追问(意义或无意义),要拷打(罪与罚,恶与善),要扭曲(伦理),要疯狂(内心)。要有苦,要有死。

要做到这些,需要极度的诚实。要在无人的深夜,哭泣、思考,要独对早已破碎的灵魂,把自己掰开掰碎,一点点察看。又要把世界、把他人紧紧抱住,仿佛爱上一个敌人。如此,诚实的灵魂方能诚实地书写——诚实,也许这时代早已奇缺了,然而在人类进程里总还是能留存下一些。如此,他们从来无惧夜色深浓。“一只手抵挡废墟,另一只手写作。”这是卡夫卡,他那只挡住废墟的手,又何尝不是用于撕开夜色!

一本书还应该与夜一样丰富,有余韵——是低音区的、各归其所的丰富。真正的文学,要写的是生于某一时空,有时又与时空无涉的、永恒的“人”。并不那么高亢、冒进,并不那么朗然、单一。我总是想起拍电影的小津安二郎(一部电影,也可当一本书读),这个摄影机位永远低低地与人物平行的人,他最高的艺术准则即是“以余味定胜负”——可见他还是有胜负心的。但是对胜负的理解却在更高的段位。在余韵，在回响。内心千回百转，人物还是悄然安坐。

夜色弥漫的书并不好相遇。有时即使遇见也会转身错过，要过若干年回过头再来找。这些年里我遇见的这样的书就是那么一些：张爱玲、太宰治、芥川龙之介、卡夫卡……也还要提一提佩索阿吧，虽然那么多人已经谈过了他。他久居内心的惶然，正来自夜晚在里斯本大街永远的踽踽独行。还有伍尔芙，即使白天，她也是个夜色弥漫的女人。最后她揣了一块大石头在兜里，缓缓走入河流自沉——这个结局比夜色还要深浓得多。然而她的书，《到灯塔去》《一间普通的屋子》……不知看了几遍了，我还是要时常去书架上取下一本来。

他们的书都是夜色弥漫的，与静，与深，与容纳，与一颗内向掘挖的心，有关。他们自己，这些与夜单独厮混的人，这些夜里的昙花夜里的水晶，也和夜相似：是敏感的——听得见一根针掉在地上的声音；凉的——蜷缩在被窝里感受温暖；有情的——仿佛和谁，和万事万物都可以聊上一会儿。

一地缤纷

有那样一些电影，看了之后，我原本光坦的心会突然起一地叶子，出现一种秋风乍起拂下萧萧落叶的景观。第二天、第三天，我只想着这一部，或者说只沉醉于这场美不胜收的内心奇景，根本不愿意紧接着看其他电影。即使有人告诉我又有一部好片，我面上敷衍，内心意愿却是独立的，它携着前面那部电影的余韵，连声说不。我不愿有任何新故事的“树叶”前来覆盖此时的这一地缤纷。这时间上的停顿，有时几天，有时则十天半月，视电影对我的震动程度而定。于这段时间里，某一场景某句台词，演员某一刻那语言难以传达的面部表情，以及电影整体呈现的那种无边丰富得简直大过于生活本身的意蕴，又会反复不请自来地回到心里。隐秘地消化着这电影的精髓，我为之眷恋、为之悲伤、为之凝重的种种，都仿佛于炼丹炉中分解或组合的元素，种种都是千回百转，种种都是荡气回肠。

即使这样的“地震”过去很久，即使此后又阅片繁多，这电影也并未被“覆盖”。它只是于空间上遥远了一些,其他毫发无伤。我于这电影所获得的那种恩惠,那种于寻常得不能再寻常的普通生活里,于慵懒得不能再慵懒的内心蛰伏中曾被这电影猛然擦亮过的记忆,就像《悲惨世界》里冉·阿让曾被卞福汝主教一家的恩惠所照耀那样,是不能忘记的,它甚至隐秘地成为现在这一个“我”身上的某一点滴。隔上三五月,或三五年,在许久的惦记之后——就像惦记一个人惦记到不行最后只有去看他一眼才可释怀一样,某一夜或某一晨,我会突然被这电影的记忆灼醒,急急地巡视琳琅满目的碟片架,或打开储存库一般的电影硬盘,或前往某个圣地一般的电影网站。我必得把这电影拿出重看一遍。

有一篇随笔中我曾写过这样一部。那是个少有人知的关于童年的西班牙电影,片名叫作《蜂巢幽灵》——有的人写些影评是为了告诉别人他看过,但我是太爱它以至于只有写下。因为最爱的东西都像一根刺,非得咽下或是吐出;也像树干之内秘密酝酿的芽苞,非得拱出坚硬的树干才算完成——我写与电影有关的文字也多半如此。写下才是永恒。童年并不好讲述,即使如头顶光环的《伊万的童年》,即使它是塔可夫斯基的杰作,我依然觉得它更接近于一部战争电影而非纯正的童年电影——因为当我在脑海里过这部电影时,我发现我注视更多的是“战争”或“意识形态”这样属于成年人的行为与思维,而非“童年”本身;我依然相信名气略小的导演如《蜂巢幽灵》的维克多·艾里斯,也不一定就不是天才。因为即使天才也有命定的匿名者——《金瓶梅》作者是此最好的例证。

这部《蜂巢幽灵》,十年之间我重看了三次。次数不是很多,但每一次我都怀着密会的心情。与恋人幽会类似,这样的密会前面充满期待,中间欲望饱满,观后无比满足且会生发出新的愿望。当然,有一点不同的是,它比恋人幽会更加人畜无伤。

重看,依然是值得在此记叙的。甚至是比第一次更值得记叙。按照卡尔维诺的说法,第二次开始读的书才叫书。于我,第二次开始看的电影才正式叫我的电影。只看过一次的电影,只是知道了些故事梗概。像初次照面的人,只算认识而已。电影的细部,要到第二次或好几次之后,才进入视野,并深长回味。《东京物语》我忘了看了多少次了。却是在第四或第五遍时,我才注意到影片结尾,导演小津安二郎对主人公窗外的那条河流,极"大方"地给了较长时间的镜头——要知道,在一部杰作之中,每个镜头每帧画面都是大有用意与深意的,并非老妇人唠叨一般无边漫延而毫无重心。那是失去相伴四十多年的老伴之后,笠智众饰演的老父亲,啥也不干地侧坐窗前,身形清瘦,若有所思。此时窗外一条河流上,机帆船正缓缓从银幕左向银幕右驶过,始终不离观众视线。那是一种缓得你有足够时间既观察笠智众的脸又可去搜寻船上细节、缓得正好容许你把自己兴起的思绪与思考带进观影、缓得几乎与人的生活同步,也就是说缓得一切皆恰到好处的速度。整个镜头就是生活寻常一景,老人平淡无奇,河流平淡无奇,毫无炫耀,毫无感官撩动与刺激。奇怪的是,这个结尾在我心里却是韵味无穷。能怎么办呢?母亲走了,总有一天,沉思着的父亲也是要走的。此后再坐于窗前的,或是他们的子女,或是他人。但那没有什么不同。人就是这样活过来活下去的。河流往前,生活继续。它们在互相观照。它们采用的,是同样的速度……

我总是觉得自己很爱小津电影,爱到想要落泪的程度,却每每不能细说究竟。而像另外一些也同样爱小津的人那样表达,我又颇不愿意。因为他们怎样说我都觉得达不到我心中的那种准确。这一次,我才可以略为准确地说,我爱的小津之一,是他电影中呈现出的这种徐缓的、迷人的速度,就像另一部日本纪录片《人生果实》里旁白所反复念出的:“不紧不慢,孜孜不倦。”人人都该有这样不紧不慢的速度,在那不紧不慢里,“孜孜不倦”作为一种美德彰显出来。但唯一将这速度、这美德化为镜头,一以贯之地表现的,唯有小津。此后与他一脉相承的,是维姆·文德斯,是侯孝贤,是是枝裕和,甚至贾樟柯也有其部分影子……但只有小津,是如雕像一般固定了下来。

雕像的意义在于凝固,在于其不可更改。我们一再地来到雕像的身边,绕树三匝般探究。雕像从无所动,而我们,每一次所发现的都比前面要多。

近期我重访的一座“雕像”,是《猫》。终于说到这部电影了——要知道写这篇文章的起因,就是它在我心里的萦回不止。像嗓子眼无数次发痒一样,得把这个“咳嗽”咳出来。

并不是那部红极一时的音乐剧《猫》。那当然也是极好的一部作品，舞美豪华，扮相狐媚，情节一波三折，总之是眩惑人心的，并且符合现代人胃口的。然而我要说的《猫》，是一部拍摄于 1971 年的法国文艺片。十年前我在一个处于“地下”状态的碟市偶遇它。那时影迷看电影还处于 DVD 时代。每周都去淘碟的我，有一天因未买满十张，凑数般拿了这张封面制作极为模糊的《猫》。碟片上往往印着一些网上摘录的影评文字，类似于今天的书封，想来我拿这张《猫》，也大约是为上面一些推荐文字所惑。我回到家，打开我的第四个 DVD 机，把片子放进去。虽然翻译奇烂(在当时，英语片翻译尚可过关，法语电影则大多翻译不佳)，但是整部电影并不靠人物对话推进，光看人物的形体动作就能大致领会。因此，我不仅不觉障碍，相反，没看一会儿，我知道我遇到了属于我的那种“一地缤纷”的电影。

此后每年，我都在网上搜索，希望寻到一个翻译更好的版本。今年，在一个名不见经传的小网页上，我终于发现了它。想来新译者也是挚爱这部电影的，翻译得流畅、准确。我得以重新复习这部难忘的电影。

一对住在老房子里的老夫妻，相处多年，关系已经很冷。他们分居、分食，基本不说话。老头只爱那只大街上捡来的猫，一刻都不能看不见猫的样子。老太太曾是马戏团走钢丝的演员，后来演出时摔了一跤，跛了。她每天穿着华丽的服饰走进走出，老头却视而不见。她不甘心，追着老头问：“是因为我跛吗？”“不。”“是因为我老了吗？”“不。”“是因为我没有为你生个孩子吗？”“不。”

“那么是为什么？”她追问。

老头收拾收拾出门，不回答。他烦女人这种语言上的追索——当男人爱时，会回答：“这还用说吗？”当不爱时，便只是沉默。但是他的这种冷处理更加剧女人的执念。女人如水，于其上撒些语言的花瓣是恰好。若是投入一块冰，水为了抵触那寒意，是要水花激溅的。

她果然每每被激得暴跳如雷。老头却至多是卷起铺盖去客厅与猫做伴。即使是盛怒之下，他看见猫还是露出温柔。猫静静蹲在角落的窝里，眼睛看看他又看看她。猫的样子像洞悉了一切，只是不说。她觉得，猫所承载的老头的温柔，本该是属于自己的。她又觉得，猫那样的稳如泰山与老头的淡漠如出一辙，都是为了激怒她。有一天她的怒气到了沸点，她一枪射杀了这个看似无所不知的家伙。

老头觉得自己的心彻底寒了，完全不忍心多看一眼死猫，他将猫尸扔于垃圾桶，转身搬去熟悉的小旅馆住。然而生活哪有这么简单？每一个离家出走的人都像战士，最后不是死于荒野，便是回到家中。因为人生牵绊实在是太多啊——况且老太太有心脏病。老头又回到家中。条件是从此不再与老太太说话。实在迫不得已，便把话简短地写在纸条上，再把纸条折成小卷儿用手指弹到她的腿上。有一回，他想提醒她别喝酒，刚写下“你应该去看看医生”，他想起了爱猫，他将这纸条揉成团扔进火炉，重写了一张新的扔给她。上面只有一个字：猫。

有一天,老太太独自蹲在床前看老头写的那些纸条—— 一张张纸条都是刺心的痛，然而她还是收藏着。“不”“我什么都不知道”……最后一张是“猫”,提示她射杀了他心爱的猫。提示她的嫉恨、她的缺乏,与她秘而不宣的悔意。

终于她心脏病发作，在满地小纸条中死去。老头原先不胜其烦,此时却才发现,一切都空了。人生实际上没有什么来日方长,有的只是长别离。他默默吞下一把药,追随老太太而去。

…………

末尾的一段是影片最好的部分。如一部短篇小说,最后是完美的致命一击。他们之间并非无爱，且这爱在内心深处可能更为深沉。但是岁月的摧残,身体的衰折,彼此性格的大相径庭与不可更改,更要命的是,婚姻生活里曾经发生的种种不快乐与不如意并未远去。这些“不如意”像猫那样蛰伏,又时不时要从内心蹿起,令人永无宁日。

这一切令他们爱的能力逐渐减弱以至丧失。女性的执念与魔鬼般的冲动,男人的冷与不肯原谅,使他们一再地陷于彼此折磨的境地。

——如此他才喜欢与猫说话喂猫吃食。因猫是无人类语言的,不需回应。如此她才将“无爱”迁怒于无辜的猫。同样因猫是无语言的,却又和人一样活生生。

谁婚姻的屋檐,没有漏雨的可能？谁婚姻的房舍里,不曾蹲伏着这样一只“猫”？并不一定是一只宠物,可以是其他的:一笔不知去向的金钱，原罪般的孩子或父母，某次出轨，某回失了面子……当彼此仍握有爱的能力，当彼此关系仍居于平衡状态，这只“猫”多是隐形的，就像从来没有出现过；一旦失去爱的能力，夫妻关系很容易陷入失衡——人们多半是想不到这一点的，这只“猫“便出现了。那些发生过的具体的事，成了最具体的承载。而他们，便恨不得一枪崩了“它”。

我从来没有听人谈起过这部电影。然而这是无关紧要的。我并不依靠他人开列的电影片单或按照排行榜观影。我只寻求在内心产生不歇余波、落下纷纷叶子的电影。我在其中观察、观照、观想，并为之深深感谢，因为那些好电影予我的恩惠，几乎与大自然予我的差不太多。

后记

当我回想起这本书的写作的起因并如何行至今日，我竟不知从何说起。这些篇章确是我一字一字在键盘上敲击而成，但每每重读自己的文字，却又总有一种“是我又不是我”的疑惑与遥远。这种遥远感，正仿佛回音从山谷反弹至耳膜般悠长，从现实折返昨夜梦境般艰难，又仿佛从地面去到深海那样，不可思议。

是了，我的写作就是这种“去往深海”的过程。我自知我写下种种文字时所制造、所身处的气息，是与我日常生活的气息迥然不同的。日常的气息，光亮、碎乱，瞬间生瞬间灭，是一吹即散、转瞬又集结起的种种情绪；而写作之时，我几乎屏蔽一切，只剩下电脑屏幕与键盘，我注视着并力图洄游入我心灵的深海。诸种日常触动我、震动我，或者困扰我的事物和心绪，在这样的深海中，渐渐生成了它自己的路数——奇怪的是，它总是有自己的路数，缓缓成形为一条又一条深海之鱼。也就是说，平日那日光之下的，只是些影子，而一旦回到深海，它们便获得真身。它们无声而美丽地巡游，并不会停留太久。它们全都是可遇不可求，只来世上一遭的族类。我知道，我该迅速留住它们，不然，它们就“回去”了。

有些时候，我处于日光之下，柴米油盐、饮食男女；疾病与八卦；绣球花与猫……我被这些包围着。我对它们恋慕、厌憎，有时，恋慕与厌憎混杂。我也会听任自己的怠惰。但有些时候我听见了来自心灵深海的强烈召唤，也看见了深海之鱼影绰其间，这时我便急急摈弃几乎所有日常，沉入深海。

有一天我偶然检索自己几十年来最挚爱的那些作家，蒙田、艾米莉·迪金森、聚斯金德、塞林格、E.B.怀特……他们文字里的气息是幽静的、结实的，不容易生也不容易死的。这正是我喜欢他们的原因。而我惊讶地发现，他们实质上都是善隐者，是我所说的具有“深海人格”的那种人。因为“隐”，不就是与“回到深海”同义吗？这些“深海之王”，终身隐，短期隐，成名之后隐，各种各样。世间生活或许暗淡，或许嚣杂，回到深海的魅力却无可匹敌。我追随这些挚爱的作家，大约正是因为与他们部分人格的重叠与近似，否则我何以独独钟情于他们？

我想，作家是这么矛盾，这么奇怪。他渴望隐，他的文字却又不隐。他去往深海，他的文字，却要化成一群群深海之鱼，见到日光，见到读者。更进一步地说，身为作家是何等幸福——倘有读者因为这些深海之鱼而心有所动，并由此而前往他们自己的心灵深海一游的话。

2022年春节，南昌